小红书　后浪

1 10000「万分之一种生活」

啊!原来我是这样的自己!

小红书 编

上海文化出版社

啊！原来我是这样的自己！

（编辑委员会）

主编
EDITOR-IN-CHIEF
邓超

创意总监
CREATIVE DIRECTOR
卢梦超

执行主编
EXECUTIVE EDITOR IN CHIEF
马云洁

资深编辑
SENIOR EDITOR
黄莉　唐以宁

实习编辑
INTERN EDITOR
吴彩旎　范竞予

平面设计
GRAPHIC DESIGNER
袁晓琳　江惠茹　郭享文　黄梦真　税洋珊　陈梓健

网页设计
WEBSITE DESIGNER
蔡苡

摄影总监
PHOTO DIRECTOR
李亚

平面摄影师
PHOTOGRAPHER
周雨佳　王宇奇

视频摄影师
VIDEOGRAPHER
安圣骐　戴珅宸　沈怡欣

以下朋友对此书亦有贡献
应晨欣　陈金鑫　任杰　张文骏　赵苏乐　刘颖娇　张炜华
张太极　傅卓文　吴雅婷　林静娴

卷首语 ABOUT

"你将如何度过你的一天？你将如何度过你的一生？
你是如何接收和处理信息的？你是如何构建你自己的？
我们为什么要做一本杂志书？我们为什么要做一本这样的杂志书？"

关于"关于"

有时候会有意识或无意识地问自己，我们在每一天的日常生活里都是怎么自然地、不自然地接收和处理信息的，手机这样的移动设备加上智能推荐的信息传递方式是让我们更好地消化信息，并且过上更好的生活吗？作为个体，我是非常心存疑虑的。

我们被碎片化的生活向前推，我们越来越不耐烦、越来越短视、越来越健忘，同时我们在某些维度正在坚定地倒退。

有一些声音需要以另外一种方式被传递，需要以另外一种方式被留存，这让我们回到了更加质朴的纸质媒介，它也可以更好地在这个真实的世界存在。

我不希望它是极度碎片的，只是用某种方式完成了拼凑；我也不希望它是极度完整的，严谨专业却密不透风。

我希望它是有态度的，一种选择和传播的态度，同时这些态度不是我们凭空捏造的，这些态度是真真实实来自生活中多元的独立个体的；我希望它可以让你看到不同的人生，让你知道在这个星球上的此时此刻，有这样一群人正在用这样的方式生活着，如果你也想要尝试一下的话，可以在这里找到启程的力量和同行的叮嘱。

我希望你读完它之后是会开心的，一种自然而平静的开心，在未来生活的某一场景中会再次感受到这份开心，并且知道那是源自这里的，虽然那时它也许并不在你身边。

关于《啊！原来我是这样的自己！》

读的书，对的话，走的路，一个人的全部。

你此时看到的这本书是关于对话的，它不在读书的理论前沿，也不在行走的实践现场，而是承上启下的消化转换，让你通过这些对话找到基于自我选择和筛选的洞察及思考，然后为自己埋下之后启程和行动的种子。

我们观察着身边的年轻人，"自我""发展"常挂在嘴边，"焦虑""内卷"萦绕在心头，该如何选择，该如何活着，是对自己的发问。基于此，我们策划了丛书的第一本《啊！原来我是这样的自己！》。

在"万分之一种生活"栏目中，我们从11位不同年龄、不同职业的人物出发，他们非常年轻，却已经在各自的领域中取得了一定的成就。通过对话的形式，呈现出如今正值新鲜的职业现状，真实还原从业者的自我面貌，以启发未来准备走相似路线、有相似爱好的你们，希望我们都可以在彼此的对话中找到自己的答案。

在"来家坐坐"、"一起漫步"、"知味人间"、"精神食粮"栏目中，我们想通过生活的各个面向，带大家认识平时不太注意却又习以为常的自己。

我们还策划了"编辑二三事"、"编辑手选"这样的栏目，邀请你走近创作团队，和我们在一起。

读完这本书，希望你可以花一点时间平静地坐下来，观察自己，和自己对话，找到今天的自己，成为明天的自己。

好了，让我们一起出发。

邓超
EDITOR-IN-CHIEF
主编

Contents

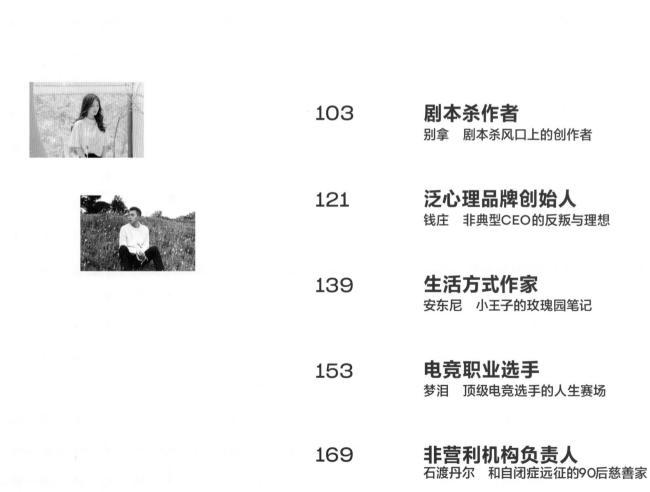

P008-186

万分之一种
生活

啊！原来我是这样的自己！

如果你想尝试站上开放麦舞台，
you will be inspired。

呼兰

著名脱口秀演员、编剧。目前工作和生活于上海。哥伦比亚大学精算系硕士研究生毕业。《脱口秀大会》第三季季军。

万分之一种生活

（脱口秀演员）的艺术观

❶ 喜欢舞台，喜欢被成百上千人盯着，发挥本能中的表演欲。

❷ 创作来源于生活，要把自己当作生活背景，再以脱口秀演员的身份把阅历讲出来。

❸ 最怕冷场，场子得时刻"拎着"，时刻观察着观众的反应。

不上台的日子是编剧呼兰。

(01)

脱口秀界的
"严肃艺术家"

采访&撰文　编辑　摄影　妆发
秋寺山　**黄莉**　Renee Chou　Yuri

Q: 需要很会表演才能成为
脱口秀演员吗？

:A

（"　幽默感
是成为脱口秀演员的基本条件，
而喜欢表演是本能，
是藏在基因里的。"）

用理性的逻辑做语言表演艺术

呼兰一直很忙。结束白天在教育机构做首席技术官，晚上说脱口秀的双面人生之后，呼兰终于把全部精力放在了脱口秀上。现在的他只有两种生活状态：录节目或不录节目。而一旦开始节目录制，就得没日没夜地忙四五个月。高强度的工作甚至塑造了他的身体反应，必要的话，他可以连着两天不睡。在一场活动结束之后，只需要在车上休息20分钟，就可以精神抖擞地去参加下一场。

2017年6月，呼兰第一次萌生了参加开放麦表演的想法。他聪明又有冲劲，很快便开始写稿子并参加演出。2018年，他是李诞口中的"脱口秀奇才"，首次亮相《吐槽大会》却迎来"网暴"，期待值被拉得太高了，网友们对眼前这位说段子喘不过来气的新人没有好气。直到后来参加《脱口秀大会》第2季，金句频出。后来赛季中他数次拿到"爆梗王"，成为冠军的热门人选，呼兰在脱口秀这条道路上，名气越来越大。

脱口秀的语言魅力在于真实而又充满变数，你需要把自己的内在和人生体验剥开给观众看，还要关心观众会不会觉得好笑。场子得说热乎了，得时刻"拎着"，时刻观察着观众的反应。节奏把握得好，就像交响曲一样美妙，可万一有哪里不对劲，在台上可就难逆转冷场的尴尬局面了。

但呼兰不怕。

呼兰有着强大的理科生思维和明确的喜剧审美，他喜欢挖掘事物背后客观的逻辑，理性无疑是美的，即使是面对脱口秀

这样一门关乎搞笑的语言艺术，他也会不厌其烦地进行拆解与分析，琢磨该如何一层一层把情绪推上去。同时呼兰也是一个韧性很足的人。少年时代参加乒乓球比赛的经历让他很早就意识到"胜败乃兵家常事"，没有必要把时间浪费在收拾输的心情上，可以再勤奋一点，或者再多思考、多打磨，再试一试，咬咬牙再赢回来。

"幽默是与生俱来的天赋，但创作永远来源于生活。"

人们喜欢用"高级"来形容呼兰的段子，它们荒诞而又贴切——"不懂股市却热衷于炒股并自认为很厉害的'金融女魔头'老妈"，"被生活磨平棱角在鬼屋都玩不起劲的中年男人"，再比如吐槽文化名人许知远对"吐槽"本身提出的限制，用他说过的话对他说"若批评不自由，则赞美无意义"；以及对互联网"黑话"的生活化运用，把段子不好笑称为"延迟满足"，把门卫大爷秃头称为"去中心化"，甚至很努力地表演了一段并不成功的rap，于是大家觉得更好笑了。

呼兰喜欢站在舞台上的感觉，被成百上千人盯着，特别能刺激他，让他想去吸引观众的注意。他说那几乎是出自本能，藏在人的基因里的，没有办法不想要表现。每次看到那么多人发自内心笑得前俯后仰，他就觉得兴奋和满足，这种满足不仅是把人逗笑这件事本身带来的虚荣，更多的是实现了带有个人语境的自我表达，那种感觉是难以形容而又珍贵的。

对脱口秀演员来说，幽默感是一个基本条件，你必须或多或少拥有这个天赋，

右图 走出笑果文化公司门口，准备前往襄阳公园。

接着才是时间投入与方法论的问题。但呼兰不太喜欢谈论方法论。先要条件是自洽，写的段子和表达方式一定要基于自己的经验才能成立，90%都是真实事件和感受，剩下的才是技巧。很多事情是顺其自然的，从小到大，无论是上学还是上班，呼兰没有一刻想过自己之后会成为脱口秀演员。"你长成了，然后把自己当作生活背景，把阅历讲出来，最后以脱口秀演员的身份讲出来。大家喜欢就喜欢，有共鸣就有共鸣，没共鸣就算了，脱口秀本质就是这样的。"

"保持心态年轻，
保持活力和对知识的渴望。"

呼兰喜欢剖析自己，看书或吸收资讯的时候，常常会忍不住把一些事儿往自己身上想，或者是思考"你是谁""你在做什么"之类，这也是一个很有效的思维训练手段。尤其过了30岁感受到"中年危机"之后，他愈发觉得得保持心态年轻。生活不可避免地会往庸俗倾斜，但很多东西是可以自己把握的，他想要去把握——通过不断实践和观察世界，观察不同行业朋友们的生活状态与交流方式。

其中最有效的途径就是阅读，他每个月至少会在上面花100个小时，可你很难让他说出自己的阅读偏好，因为他的读书习惯是这样的：遇到什么样的问题，就会去找什么样的书。举个例子，有段时间呼兰注意到美股上面几只中概股跌得特别厉害，在那个时候他还不知道是韩国人爆仓导致了这个问题，以为是中美关系的原因，便思考着是不是有一些宏观层面的东西需要去了解，然后就跑去看了《注定一战：中美能避免修昔底德陷阱吗？》，研读大国之间的博弈。但是后来才发现其实跟这个完全没有关系，就是一个基金爆仓了，导致股票下跌。

"拥有强大的心境在人生中非常重要，
都会熬过去的。"

让常人难以想象的是，呼兰的作息极其不规律，却永远看上去是精力充沛的样子。呼兰不太会严格管理时间，彩排前

典型的一天是这样的：早上醒了之后就去片场，之后走台。可能稿子还没写好，就"胡蒙乱骗"地走一下，接着便和嘉宾对次日要上台的稿件。这样子一套流程走下来，基本上也就到了晚上8点、9点，可往往这个时候自己的东西还没写好，于是晚上10点会开始着手准备自己第二天上台的稿件，经常会弄到早晨6点、7点，接着大概10点、11点就要开始准备录制了。

经常没有时间睡觉，或者只能睡一两个小时。从早上7点睡到8点半差不多就可以了，能让人第二天不至于昏过去。当然这是极端情况。但做脱口秀这么久，呼兰从没有喊过累，也没有感到崩溃或熬不下去的时刻。

倒不是没有经历过很糟糕、很尴尬的场，每一场演出的压力也都特别大，常常绷在写出来和写不出来的临界点。文本没有打磨好，或者临场表演失控的情况发生过很多次，呼兰就会想着赶紧下台，赶紧结束这一天。他不会让自己困在尴尬里，甚至都不会去复盘回想，而是直接把那些不好的记忆从脑海里丢出去。写稿是所有环节中最难的部分，也遇到过比较严重的瓶颈期。去年《脱口秀大会》录了两三期之后，呼兰自我感觉说出来的东西不大行，产生了自我怀疑，觉得自己是不是差不多就到这儿了。后来等到要上台的那一刻，稿子写出来了，硬撑过去了，就也没有这样的困扰了。

呼兰比想象中高，采访后半程我们去了他平时创作时喜欢待着的襄阳公园。阳光很好，健身和跳广场舞的中老年人很多，没人注意到一位神情严肃的男人在树边坐下。呼兰说话的语速还是很快，会尽可能简洁而清晰地回答问题，但戒备心是显而易见的，他不希望自己的私生活被看见，也不希望输出某种庞大的价值观，对这位舞台上被贴上"学霸""小浣熊""正能量脱口秀"标签的脱口秀演员来说，或许唯有准确地通过作品本身表达观点才是重要的。

Q&A

1

Q:

"梗"要怎么埋？

(:A

我的创作是想尽量让语言精简，我都没想过"梗"要怎么埋，我所有的文字只有两个作用，要不然就是为"梗"服务的，要不然它本身就是"梗"，但凡不是这两种情况的我就通通给删掉了。

)

#WORK
关于工作

(Q) 毕业之后到现在的职业道路大概是什么样的？

(A) 哥伦比亚大学硕士毕业之后，学精算找不着工作，就做了IT，做了两年多IT就回国了。回国之后创业做一个互联网公司，做了四五年，然后就开始做脱口秀到现在。

(Q) 领域跨度很大，你是如何做到的？

(A) 自己摸索、自学。如何自学，我觉得有三个步骤：首先是确立审美，你得知道在这个行业里什么东西是好的；其次就是去模仿；最后就是演化成自己的风格。

(Q) 所有参加过的脱口秀节目中，稿子打磨次数最多的是哪一次？改了多少版？最终的结果好吗？

(A) 应该是第三季《脱口秀大会》的第二期吧，不算大推翻改动，小修小改也改了三四十版，但是效果不好（笑）。效果跟改的次数并不成正比，在我们这个行业，改得越多，它这个东西就会越拧巴。就像你看到一个人，他跟你说他做过四十次的整容手术，那绝对不会好看，一个道理。

(Q) 有什么话题是你特别想要去说的吗？

(A) 有一些关于哲学的东西是想要表达的，但是表达不出来。哲学的事情你要说得好笑很难，有一些东西我自己也还没有理解，哲学太复杂了。

2

1 笑果文化公司顶楼有个露台，大家经常会在上面放松休息，看不见的吧台的位置也备了许多瓶酒。

2 公司里贴的海报。

3 笑果文化公司大楼。

3

#COMEDY
关于
喜剧认知

1

(Q) 通常会比较关注哪些方面的信息？渠道是什么？会看微信公众
号之类的吗？

(A) 新出来的一些综艺，或者大家都在讨论的一些东西，我
都会去关注，不过只是想要了解这件事情。大家都在说
怎么好玩儿、赛制什么的，我也会去看看到底是怎么个事
儿，怎么会这么吸引人，但会很快看完，这就是一个信息
摄入的过程。另外，比如社会新闻，包括金融市场、股
票行业，我是会定期关注的。

公众号其实关得差不多了。我越来越认同那个理论，即
"该你看到的信息总会通过某种方式最终让你看到，最
终让你看到的东西其实就是你需要看到的信息"，不用
去苦苦搜寻，这会耽误很多时间。之前我有段时间就是
自己看书，朋友圈我是会关掉的。不用把朋友圈彻底关
掉，只要把未读消息的小红点儿关掉，每天就会少刷很
多。现在很多互联网的设计会利用人性的一些弱点，它
在赚钱，它想控制你的生活，每个app都试图抢占、瓜
分你剩下的时间，让你把时间用在这上面。所以我之前
试着关掉朋友圈，甚至关过微信的通知提醒，你会发现
就可以多一点时间静下心来做其他事情。

(Q) 你认为好的文本会有一个标准，或者说要素吗？

(A) 没有标准，任何其他创作形式都一样，比如说歌曲、绘
画、电影，学术界可能会有各种各样的解释，说因为它有
什么，但其实就是让人舒服，让人还想再看、还想再听。
我觉得如果你非要说一个标准，那就是这个事情需要经
得起反复地看、反复地读，所谓经典也是这样的，但这
个事情很难分清楚因果。

(Q) 喜剧的内核是什么？

(A) 不知道，还没有摸到喜剧的内核，这个事情，我知道你想
问什么，但是我不知道什么是喜剧的内核，我能把喜剧
的表壳给做好已经很不错、很不错了。很多人说喜剧的内
核是悲剧，但是我说悲剧肯定不是喜剧内核的唯一，喜
剧的内核应该要丰富得多。

(Q) 如何看待生活的"重"与段子的"轻"？

(A) 用段子去阐述生活就是"四两拨千斤"。

(Q) 你觉得这两年的脱口秀大环境怎么样？大众和脱口秀从业者之
间关系如何？感受到过大的偏见或"不被理解"吗？

(A) 之前我们只是在脱口秀本身的领域里面耕耘和创作，然
后稳步向前，面对的很多都是脱口秀本身的观众。但是
由于近两年，节目让更多的人知道了，吸引了各种各样
五花八门的观众。他们可能不见得是来看脱口秀的，可
能是来看综艺或者话题的。但这件事情你是控制不了的，
只能用好东西让他们认识什么是脱口秀，把他们变成脱
口秀的观众，如果转变不了也只能顺其自然。

1）2 笑果文化公司内部墙上的标语。
3）4 被网友称呼为"小浣熊"的呼兰。

19

#INDUSTRY
关于行业感受
与收入现状

1

(Q) 如果有人断章取义地表达，这样的情况会反过来激怒脱口秀演员们吗？

(A) 会有不甘心吧，我们也没那么皮实和麻木不仁。偶尔还是会激怒到我们，但是没有什么办法。你只能写了东西之后再去缓解，我觉得这好像也是一个比较好的方式。

(Q) 把它转化为一个素材本身是吗？

(A) 对，然后你就期待在下次通过这个来给他说得更清楚。我觉得我就特别喜欢那种，比如说民国时期文人掐架的方式，你是干啥的，你就用这种方式去骂。我也比较欣赏说唱歌手那种的互相看不惯，互相出歌，你写一首我写一首，高下立见。

(Q) 脱口秀演员的收入渠道一般会有哪些？

(A) 写稿、演出、商业活动。

(Q) 你觉得整体来说，行业从业人员的付出与收入匹配吗？

(A) 整体行业不太清楚。就我自己来说，我觉得不成正比。就是收入太高，付出太少。真的，我时常有这个感觉，我们何德何能。不只是经济上的收入，不要误解，这个也包括获得的关注度，或者说获得的喜爱，这些综合到一起的名和利，就会时常让人感到德不配位。

(Q) 在你目前的整个人生体验里面，遇到过"贵人"吗？

(A) 一直都会遇到"贵人"。比如在脱口秀这个行业里面，李诞就是我的"贵人"。很简单，就是我在线下讲，也不认识任何人，然后他觉得"这个人讲得挺不错的"，就签约，直接去了《吐槽大会》，后来也录了专场，一步步走到现在。

这也是这个行业里面可爱的点，大家都是凭本事说话，没有什么所谓的论资排辈，或者说阶层，就觉得说得好的人应该被更多人看到，所以有越来越多的人站到了台前发光发亮。

(Q) 行业内有哪些人物是你非常欣赏的？

(A) 比如说王建国、张博洋。我欣赏一切有创造力的朋友们。

1）2）3 笑果文化公司的四层办公楼，黄色是亮眼的搭配色。公司周围都是上海老洋房，街道的环境特别好。

2

3

#LIFESTYLE
关于
生活方式

(Q) **每天在手机上花的时间多吗?**

(A) 多，因为所有事情基本都在手机上，连看书很多都是在
微信读书上，已经分不清楚娱乐和学习的界线，掰扯不
清楚了。

(Q) **有什么事情会让你发自内心感到特别快乐和满足吗?**

(A) 在朋友圈里看到同学结婚或是生孩子了，我就特别开心，
会为他们点赞。不知道为什么，就是会觉得很开心哈哈哈
哈哈哈哈。自己没这个打算，我结婚了，但是没打算生孩子。

(Q) **业余生活一般会做什么? 还会看一些别的喜剧节目吗?**

(A) 和朋友们聊天喝酒、看书、打篮球、玩游戏。会看国外
的《晚间秀》。

(Q) **私下笑点深吗?**

(A) 不深，我不会拿专业性衡量朋友讲的笑话。

(Q) **是否可以给大家介绍一下最近在读的书。**

(A) 《打开：周濂的100堂西方哲学课》，它按照历史的角度把
哲学串了一通，是一本不错的哲学入门读物。

(END)

如果你也对艺术书感兴趣，
you will be inspired。

赵梦莎

abC 艺术书展联合发起人、策展人，编辑。abC 诞生于 2015 年，致力于推广中国本土艺术书籍和自主出版物，并积极引入全球优秀的出版人和机构建立深度对话。作为国内最具专业性的艺术家书籍展览与国际性的自主出版博览会，目前每年分别在北京、上海两地举办。

万分之一种生活

（艺术书展策展人）的修炼道路

① 以编辑作为起点，磨炼采编基本功，形成图书市场判断力，并建立人脉资源。

② 投身艺术的切入口可以是书展，可以是艺术出版文献库，终极目标都是为未来艺术领域的同行者提供参考。

③ 选择项目制工作，让自己有忙碌期和缓冲期，用鲜明的节奏切换工作和休息模式。

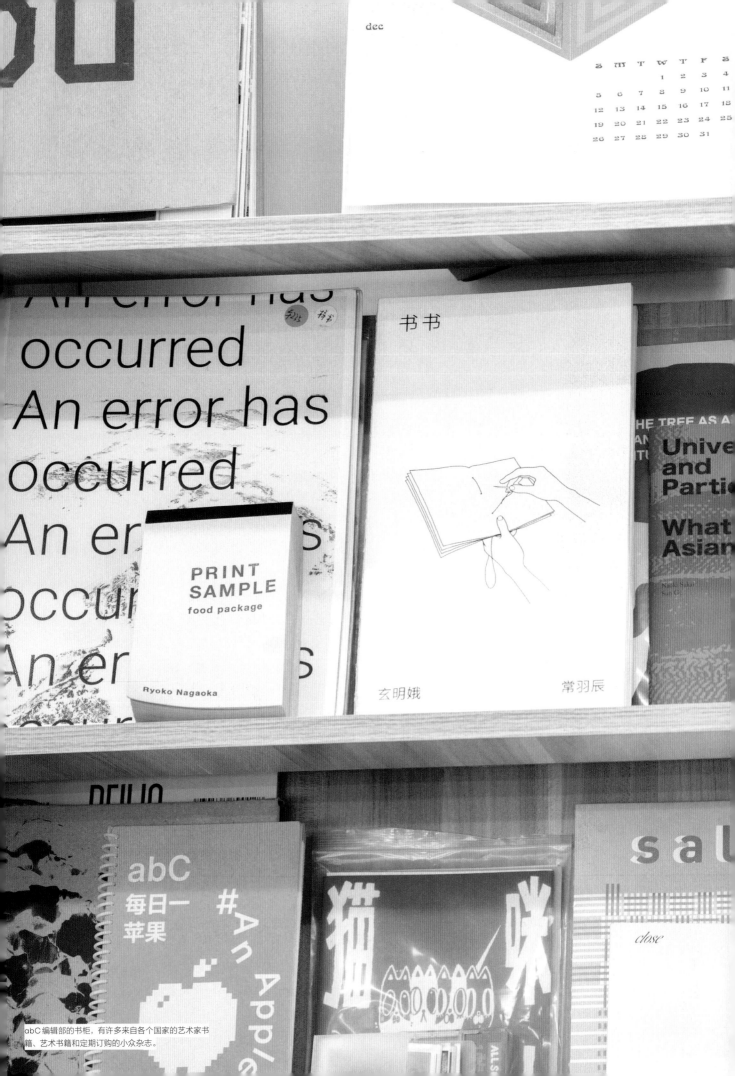

abC 编辑部的书柜，有许多来自各个国家的艺术家书籍、艺术书籍和定期订购的小众杂志。

(02)
农夫、中年朋克
和艺术书展

采访&撰文　　编辑　　摄影
秋寺山　　　黄莉　　Yuqi Wang

○: 辞职做书展发起人的底气
是什么?

:A

(" 通过编辑的工作
积累了足够丰富的
艺术媒体资源、编辑
和策展经验。")

"在策展人之前，我的第一身份是编辑。"

编辑是赵梦莎目前所有工作经验的基础。毕业之后进入媒体行业工作，从一个人做一本月刊画廊指南，到加入双语当代艺术评论杂志《艺术界》工作五年，也曾在VICE中国负责市场推广，梦莎积累了足够丰富的艺术媒体、编辑和策展经验。即使后来成为abC艺术书展的联合发起人，也还是会间续接一些杂志、新媒体、媒体出版物编辑撰稿的工作。在abC本身的架构中，书展也不是唯一的事务，它只占全年规划的50%。另外的时间里，梦莎会和编辑部的成员们一起做书、做艺术书奖、做电台，并进行文献研究的整理与写作。

"可以持续看到更多新的作品、
更多好的书，
这就是做书展的快乐。"

从2015年到2021年，随着abC艺术书展逐渐被人们所知，每年的参展方也愈发多元。好玩的书简直太多啦！有的在结构上就和常规书籍大相径庭，比如印在绢纸上的摄影集，或是从右往左阅读的书。也有很多非常细部、最开始是出于

图像研究或无聊观察的书，创作动机是非常个人表达的，虽然鲜少在大众视野内被关注到，但是是很有趣的。

历届abC艺术书展的参展方中，年龄最小的是两个12岁的初中女生。她们做了一本《豆荚》(POD Zine)，在第一期和第二期中分别讨论了校园暴力与女巫。"猎巫运动"是西方历史上讨论女性主义话题的一个历史事件，她们在那一期里研究了文学、影像中的女巫，以及人类历史上如何污名化"女巫"这种身份的女性——坏女人是女巫，更有力量和权力的女性被视为不祥的存在。当你在书展上遇到一本这样的书，并发现背后的创作者还是小孩子时，很难不为这样新鲜的创作力量感到惊喜。更加令人欣慰的是，这本书也被参加书展的编辑相中，得到了正式出版的机会。而对赵梦莎来说，能为大家提供这样一个充满活力的交流场所，每年都能看到新的作品源源不断地冒出来，她也会从中收获更多的快乐。

右图 摄于abC工作室的天台，工作室小伙伴们经常在天台上举办有趣的活动，在这里发生什么都不奇怪。

左图 婚后，赵梦莎和先生一起在北京常营安家。家里堆满了唱片、书籍和文创类小物件，随便拿起一件都有故事可以说。

"想安心地做一个'浪费时间的罪人'。"

跟多数"斜杠青年"或一些知名公众人物比起来，赵梦莎自称是一个相当没有时间概念的人。她无法容忍每天只睡五六个小时，也不想把自己的时间排得满满当当。这两年不太能出门旅行了，业余的时间里，赵梦莎便把难得闲暇的时间都用在学习和种植植物上。自然本身的规律是缓慢变化的，不可能瞬间就能看到一株植物开出一朵花。对植物的观察学习，也让梦莎的生活节奏愈加放慢，心态变得平和，大自然教会了她很多。

"城市里的农夫和中年朋克都是我。"

赵梦莎形容自己是一个"摩登农夫"。休息日的早上基本上都会在花园里忙活。春天需要播种、除虫，有很多"一年之计在于春"的农活要忙。虽然没有一块真正的土地，但还是会像农民一样在适当的时间去做一些事情。而在她的成长过程中，一直都保持着逆流而行的朋克姿态，特别讨厌一些约定俗成的条条框框。谈及更喜欢观察世界还是投身其中体验世界时，梦莎也直言不讳地说她一定是一个激流勇进的体验者，面对生活她不知道可以如何旁观，一定是要参与的，想要拓宽边界尽可能参与这个世界。

那些爱恨交织的北京情愫

2021年是梦莎在北京待的第12年，她对这座城市体会深刻，尤其是在2008年前后，北京发生了很大的变化。奥运带来了新气象与城市更新，但也有一部分人因为胡同拆迁产生难以言说的失落感，陈凯歌导演的《百花深处》也有反映当时的一些情况。可在梦莎看来，那段时间也是北京最好的时候。彼时二环里面还有很多独立空间，有各种各样的人，人口构成的丰富性非常之高。大约在2011年，梦莎身边第一次有一批外国朋友因为雾霾离开北京，后来慢慢地发现演出好像变少了，奇怪的空间和奇怪的人也少了。很难再看到大批年轻人在二环里面活动，只剩鼓楼周边还作为标志性的街道存在着，那种自发性生长的空间越来越少。但如果遇到身边有人说北京这不好那不好，赵梦莎又会忍不住反击："那你做了什么，你为这座城市又做了什么呢？"

Q&A

1

Q:

你的职业理想是什么?

:A

(

中国更新迭代的速度太快,我想做一个三五年的事业规划听上去都有点天方夜谭。但是在我的职业想象里面,我希望这份工作是能够做到成为白发老人的那个时候的。

)

#WORK
关于工作

2

3

(Q) 加入abC的契机是什么?

(A) 2017年我还在 VICE 中国的时候，和abC 联合策划了一期独立漫画主题的书展，认识了周玥，那是我俩的第一次见面，但在一起工作的过程中建立了某种"革命情谊"吧。后来我俩越来越熟，加上我本身也很热爱书籍，我们聊过很多，就决定一起把abC当作事业去做。在我加入之前，大家其实基本都在用业余时间来做abC，日常还需要做一些兼职，也缺乏一个比较完善的经营计划。所以我在辞职加入abC之后，首先就是把它定位为一个机构，重新确认机构的角色和发展方向，也开始探索如何通过持续策划的书展，让机构能自我回血。

(Q) 作为abC艺术书展的联合发起人和策划人，你是如何进行工作规划的?

(A) 规划之一是要将abC转换成拥有媒体属性的机构，创作环境有了之后，就需要媒体的发声与支持，要有人去传播、评价它。二是搭建中国艺术出版文献库，这是一个比较长远的非营利性计划，目前是完全靠团队的富余时间在做。在我之前的工作经验里，像亚洲艺术文献库、Printed Matter，这种机构是我的职业榜样。我觉得我的职业理想是做成一个像它们那样的、具有学术性和研究性质的机构。三是从去年开始我们做了艺术书奖。下一个五年，可能艺术书奖和文献库是两个非常重要的工作内容，甚至可能成为重心。我们想把关于本土出版的创作者，还有一些值得讨论的作品进行归档、记录和研究，为未来对这个领域感兴趣的从业者及学者提供文献参考。

(Q) 2018年做书展的时候，大概投入了多少?

(A) 嗯……花掉了我和周玥所有的存款，再加上跟家里要了一点钱去平衡流水。第一年对于预算计划概念还没有那么清晰，只是想投入，做出最好的成果，要谢谢当时的团队成员们没有让我们有太多人员开支的压力。但从场地到展览制作大大小小的开支，所有的项目成本都要自己消化，也让我第一次尝到负债的滋味。

4

CONTENTS

1）2）3　abC办公室。

4　赵梦莎展示abC出版的第一本双语杂志《P_PAL》。

#EMOTION 关于
情绪

苦与乐之比例。

1

(Q) 遇到过哪些情况让你觉得这件事特别难吗?

(A) 非常现实的困境是账面空空的时候。其他的难处是,比如每一次我们做全年计划,仔细打磨一个策展选题,花了很多心力和时间,当你把这些都做完后,发现被抄袭了。或者是说,你觉得应该严肃对待的事情被大家轻飘飘地消费掉了,那种时刻会让人心态有点难以平衡。

(Q) 收入渠道有哪些? 现在公司的收入情况有改善吗?

(A) 主要还是书展的票房收入。不过从去年开始有小体量的广告赞助,再加上一些委托创作和书籍选品。团队的创意能力还是挺强的,我们也会接一些出版物和空间策划的项目。

(Q) 个人年收入目前会达到多少? 开销主要在什么地方?

(A) 很难讲,因为真的比我原先在媒体工作要低很多。虽然我们不是非营利资质的单位,但是我们所有前一年的盈余都要投到新一年的项目当中,比如2020年的abC艺术书奖,我们提供资金用来鼓励创作以及促进行业发展。我自己年收入是在20万左右。

开销主要是房贷,但因为我们是双职工家庭,所以其实还好。本身也没有过特别奢侈的生活,整个开支是比较可控的。

(Q) 工作日每天在手机上会花多少时间? 最常使用的app是?

(A) 可能会有10小时,使用频率最高的是微信、微博、淘宝。

(Q) 可以说你是一直都有自己阶段性明确的目标吗? 很快很容易就可以找到自己想做的事情。

(A) 好像还真是。我觉得自己是幸运的,想做的事情,比如说念美院和从事艺术行业,从来没有受到过家里的阻拦。虽然父母本身不是从事艺术相关的工作,但他们还是会支持我的决定。

(Q) 什么样的情况下会感到焦虑? 会如何化解自己的压力?

(A) 筹备大型活动的时候。因为是不可控的,可能会发生各类预想不到的情况。活动开始前夕,我甚至都会开始变得有点"迷信"(笑),神经一直紧绷着。那会儿整个工作状态会特别大开大合,以至于书展结束之后,会有点动物性感伤,需要放空好长一段时间。

其实不太需要具体地做什么去释放压力,我们本身是项目制的工作,会有爆发期和缓冲期,所以这样的节奏本身会调节自己的精神状态。我特别建议,如果大家可以决定自己的时间分配,做项目制的工作会挺好,阶段性有一个成果实现,就好像收获一颗闪光的宝石,像人生的奖状一样。

(Q) 想继续聊一聊"焦虑"。年龄或者外表,曾让你感到焦虑吗? 以及如何看待事业焦虑、婚姻焦虑,甚至生育焦虑。

(A) 我来自客观的焦虑会比较少。但我觉得不管是什么样的焦虑,它就像身体里的结石,如果一直存在,后面慢慢累积到以一种非常坚硬的形态让你意识到时,可能为时已晚。在行业里面,我遇到过不少深受焦虑或是抑郁所苦的朋友。我觉得最好的方式就是日常多关注自己的精神状态,不要在那个信号已经非常明确的时候再去处理它。状态不好就让自己停下来,不要强撑,想请假就请假,哪怕只是躺在家里什么也不做。

(Q) 在过往的经历里面,有遇到过"整体性失落"的时刻吗? 觉得自己的生活仿佛完全停滞。

(A) 我的经验可能会比较特殊。妈妈在我24岁那年去世,当时因为妈妈病情加重,我停掉手头工作去照顾她,在那前后可以说都是我人生的低谷期。但我同时也非常感激那段时间,我现在的性格,或者说处事方式都是受惠于那段经历。当生命的考验压向你的时候,会激发你更大的能量。那会儿当然难过,整天睡前以泪洗面,起不来床的状态也都会有。到现在我其实已经不太记得自己是怎么慢慢好起来的了,有家人和朋友的陪伴,以及自己也会用文字的方式去记录,写一些可以给别人看或者只能自己看的内容去疏解最艰难的情绪。

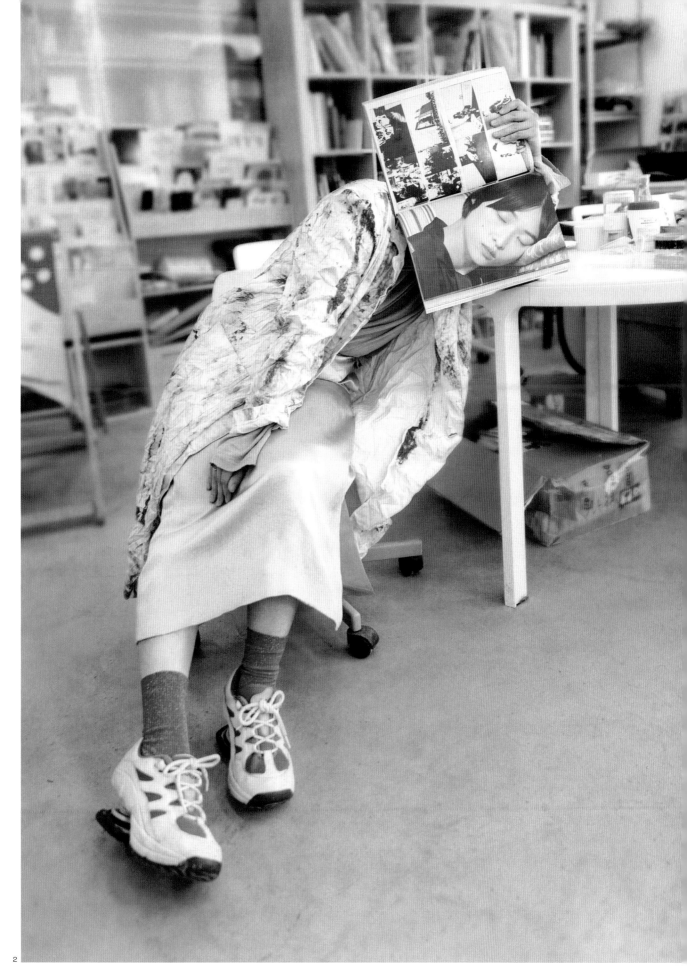

2

1 书橱顶上放着青年艺术家王不可的
  作品《苦与乐之比例》。

2 随手一翻的内页和采访当天的赵梦
  莎很搭。

#LIFESTYLE
关于
生活方式

(Q) 可以介绍一下你养的植物吗？要怎么照顾它们？

(A) 养过很多，常规的"花园三大件"都有：月季、铁线莲、绣球。一年生的、多年生的、球根的、爬藤的、灌木的、开花的、绿植的……巅峰时期种植了50多个品种。在北京的前七八年，我都住在胡同里面，一直住一楼，光线不是很好，就有点种不来能开花的植物，后来就下定决心要系统地学习。第一堂课就是浇水。浇水这件事，听着感觉很简单是吧？谁不会浇水呢？但其实浇水有"见干见湿"的原则。另外包括水肥的管理，你要"薄肥勤施"。掌握基本的方法论之后，花是可以种出来的，但要精进就需要之后长时间的实践。女性园艺家贝斯·查特的经典园艺思想"Right plant, right place"，即在适合的地点种植适合的植物，听上去很有哲理的。你需要去了解植物的习性，比如说喜光的植物，就要给它充分的光。或者说有的植物本身根系是肉质根，比如铁线莲，那就不能给它太多水，尤其是盆栽，水多了根可能就会烂掉。所以是需要去分别了解植物的一些习性。但也不是说特别难，淘宝上也会有一些大的店铺，比如虹越、蔷薇之光、种子拯救者，基本都会具体标注植物的耐寒区域与光照习性，顾客之后养殖时对照着来就可以了。

(Q) 有哪些地儿是平时喜欢去的呢？

(A) 一个是fRUITYSPACE，位于美术馆后街，三联书店对面那个小小的地下室就是。我见证了它从一家不景气的面馆，到后来变成一个地下Livehouse的过程。另外我也会定期去木鸟漫画，在那边可以淘到很多很新、价格又很便宜的漫画书，童叟无欺。Livehouse或者蹦迪，通常会去"招待所"、"乐空间"。北京的书店（也是买手店），我觉得postpost不错。

(Q) 喜欢什么季节？

(A) 春天和秋天。我种的宿根植物比较多，一般进入北京的冬天后，宿根植物的地面部分会枯萎，然后从2月末开始，你会看到球根从地底里面长出来。还会发觉，一些你以为熬不过冬天已经死掉的植物会慢慢复苏。看到铁筷子开出了花，就会立马觉得春天不是一个谎言，春天是真的会回来。植物本身有自己的一个生命循环嘛，结束之后重启，就会给你带来很向上的感受。夏天植物会进入休眠，到了秋天，也就是经过了三分之二个秋季之后，植物的生长会在这时达到一个最好的状态，给人带来收获的喜悦。

(Q) 在家的状态是什么样的？周末的一天24小时会怎么度过？

(A) 整体都很放松，随时可以躺着哈哈。周末从早上睁眼开始就是舒服的，有时候会听一听播客，听一听方舟的《周末变奏》，做一个慢悠悠的早饭，然后去小花园里边忙活两个小时。中午吃饭的时候，可能会看一部比较长一点的、闷一点的电影。下午的话，老公会开始画画，我处理一会儿工作或是看书。晚上会做一顿费点时间的饭，最近有点着迷脱口秀，会看得比较多。

1

²

(Q) **和朋友们怎么相处？平时会喜欢邀请朋友来家里吗？**

(A) 会，我发现近几年，朋友之间最高的礼遇就是邀请他们
来家里吃饭。我身边那些比较会做饭的朋友，包括我自
己，基本上都是会在家里聚会，感觉会比较亲密，有时
候甚至会吃上一天。二十五六岁的时候，住在胡同里的
当儿，我住处的门都不会锁的。可能半夜有人看完演出
突然就跑来我家，耗到两三点。我特别特别怀恋那段时
间。经常会有来过我们家一次的人，之后在其他场合遇
到时，跟我说"哎，我来你家上过厕所"，哈哈哈，就经
常会有这种奇怪的际遇。现在这样的情况比较少了，朋
友们都住得比较分散，北京的城市尺度很难让大家汇聚
在一个街区或社区，现在要串门几乎都得不远万里穿越
整个北京专门跑一趟，所以会倍感珍惜。

(Q) **如何形容现在的生活状态？对这样的状态感到满意吗？**

(A) 仿佛进入了中年似的，整体心态会比较平和。更年轻一
点的人，可能对未来会有更多未知的期待，我觉得我现
在对未知的期待变小了。更多的是计划，实际管理自己想
要去做的事情。

³

1 赵梦莎的家在一楼，有一个小小的室
　外花园需要照顾，这些是常用的工具。
2 卧室里的赵梦莎和被窝里的猫。
3 窗台上养的龟背竹。
4 一年四季家里都要有花，春季通常会
　是油画牡丹和芍药。

⁴

35

#SPIRIT
关于
精神世界

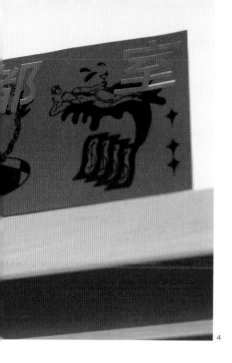

(Q) 生活中有遇到过觉得很艺术、戏剧化的瞬间或事件吗？

(A) 记得高三那年，我在考前班学画画，所以跟其他同学的作息是不太一样的。每到礼拜一我就会回家，在路上骑自行车时，迎面都是穿校服的学生，一大群人跟我逆向而行，突然就觉得，我是一个多么不一样的存在啊。心里却也有一点着愧，觉得高三是不是不应该这样。可同时又在想，如果我的人生一直是这样的就好了，隐隐地会有这样的感觉。

(Q) 你的消费观是什么样的？

(A) 以前还在媒体工作的时候，我特别容易头脑发热买东西。后来创业之后，因为真的很穷（笑），所以就开始了"计划经济"，会比较理性地去消费。如果遇到价格很高但真的很喜欢的物品，也会下手，这是跟年轻时不太一样的地方。服装上面，本身身边有很多设计师朋友，我会去支持这样的本土设计师品牌，或者有时候朋友们也会送我，于是我就几乎不太需要额外买更多衣服了。

(Q) 有想过退休之后会做什么吗？

(A) 种更多的花，种更大的地（笑）。我记得在我种花的第一年，朋友的妈妈，现在也是我的花友，她在宋庄有一个很大的房子，养很多的月季。我跟她说我现在开始种花了，她说特别好，这就是早觉悟、早享受。我觉得上一辈人退休，是一个被动的状态，到年纪了就退休了。当我二十多岁时我希望自己永远年轻，不会去设想衰老之后的样子。现在我即将34岁，有时候甚至会期待一睁眼已经50岁，我真的会这样期待。如果以我现在的身体状态，现在是50岁，那会相当不错。

我之前有合作过一个做摄影不错的朋友，跟我同岁。他很浪漫地跟我描述过一个场景：他说有一年的春天，4月份，他坐在上海的一个办公室里面，风从窗户外吹进来，他突然就觉得不想上班。"我应该去公园"，于是他决定辞职。很长一段时间，他每天都会去他家附近的公园待上几个小时，看会儿书，甚至在躺椅上睡一觉。因为在公园里享受春天的只有老人，他就觉得怎么可能？怎么可能只有老人会享受春天，春天这么短，最美的时间这么短，于是他在那一整个春天都在过着像老人一样的生活。我跟他聊当时的想法，他说他很想一直以这样的状态到四五十岁，然后50岁之后再开始工作。他说，"我想在我身体好的时候好好享受生活，等大家都不拼搏了，我再'杀'回去好好工作"，我觉得这个想法真的很好。

1 abC编辑部同学的工位。

2 赵梦莎向我们介绍她家里的植物学相关的书。

3 收集的各类小卡片，有工作证件照、门票和陌生情侣的自拍照。

4 朋友送的春联，贴在浴室门上。

5 被植物"侵占"的洗手台。

6 赵梦莎先生的居家工作室，门槛上坐着的"读书女孩"是艺术家河井美咲的作品。

(Q) 请为我们推荐一下个人书单、音乐及电影。

(A) **1. 书籍推荐**

苏菲·卡尔《瑞秋，莫妮卡……》（Sophie Calle, *Rachel, Monique...*）

英吉·梅杰《植物采集》（Inge Meijer, *The Plant Collection*）

罗兰·巴特《哀痛日记》

苏菲·卡尔的《瑞秋、莫妮卡……》是为纪念作者去世的母亲，以母亲生前的日记和家庭照片，来重新对话这样一个自己生命中曾经最亲密的女性。这本书也陪伴了我人生中最灰暗的那段时光。

《植物采集》可以说是我植物迷的"本命"，这本书实际上相当于一份重新整理的植物馆藏清单，设计师罗杰·威廉斯（Roger Willems）细心地把所有植物从背景里裁切出来，整理成了一份盆栽目录。这些高大美丽的蕨类、喜林芋、八角金盘、鹤望兰、量天尺、龟背竹就这样在几十年间一直站在培根、罗斯科、妮基·圣法勒的作品旁边。

2. 音乐推荐

齐克·科瑞亚《回归永恒》（Chick Corea, *Return to Forever*）

"这种热度"乐队《这种热度》（This Heat, *This Heat*），成军30年纪念版

33EMYBW, *Dong 2*

3. 电影推荐

《轮回》（1988）黄建新 导演
王朔小说改编最好的一部。感慨20世纪80年代的北京年轻人打扮时髦、观念前卫，潇洒得让人咋舌。

《北京的西瓜》（1989）大林宣彦 导演
这部片子只是标题有"北京"，但其实跟真实的北京没什么关系。不知道拍出过《鬼怪屋》的大林宣彦是怎么会拍出这部"中日蜜月期"人文关怀电影的。每次想要为这部片子写几句，都觉得故事简单但内核复杂含混到无从下笔，只能说，实乃奇片。

(END)

如果你也渴望表演，
you will be inspired。

张博俊

男高音、知名音乐剧演员。毕业于浙江大学新闻系。《声入人心》第二季成员。曾在音乐剧《我的遗愿清单》《狮子王》《美女与野兽》《献给阿尔吉侬的花束》《致爱》等作品中扮演重要角色。

万分之一种生活

（音乐剧演员）的双面生活

❶ 演员最大的挑战是对于角色的心理变化有清晰的把握。

❷ 你要相信观众是爱你的，面对他们讲故事的时候，就像和自己的朋友讲故事一样。

❸ 舞台需要的能量很大，日常生活需要保存能量。

张博俊并非音乐剧表演科班出身，从最初的"超级替补"到现在的男主角，他花了 10 年。

(03)
从"超级替补"
到音乐剧主角

采访&撰文　编辑　　摄影　　　妆发
汤包　　马云洁　Yuqi Wang　Yuri

Q: 家对于你来说是什么?

:A

(" 舞台需要的能量很大,
日常生活需要保存能量。
我会有这样的幻想,)
只要我不动,
我的能量就会回来。"

在舞台上过完一生

4月16日,上海浦东大戏院,晚上7点半,这里即将上演华语原创音乐剧《致爱》。这是一部由两位演员撑起的作品,根据当晚的卡司,张博俊饰演男主付平安。

中午12点,张博俊来到后台,下午导演安排他和搭档的女演员再次排练,简单妆发后,他倚靠在台沿接受我们的采访。无人的舞台上落着几块暖色调的景片,做旧的木头包裹住台沿,音响和灯光正在调试中,博俊背后的舞台地板上,随着灯的流转变化,标注着走位定点的荧光贴时时明时暗。

在等待麦克风测试完成的过程中,张博俊轻声复习剧中台词。"近来好吗?上个月,我在医院住了一个礼拜,医生说,绝对不能再喝酒了……住院这段时间……回想我这一生啊,还是被时代推着往前走。"他的声音低沉下去,到了突然背不下去的地方,博俊提高音量:"哎呀怎么办,几天没演,台词全忘了。"他笑起来,音色明亮。

《致爱》需要男女主角在舞台上跨越近半个世纪,从小学同班的青梅竹马,一直演到付平安六七十岁的年纪。小学毕业后,两位主角在剧中的会面只有两次,他们长时间通过书信联系,保持着紧密的情感连接,期间女主角随自己的家庭去往香港,男主角成为飞行员,后又各自有了家庭和归宿。

今年博俊度过了自己的29岁生日,当

付平安在剧中唱起一首叫作《三十岁》的歌曲时,他坦言最有共鸣。"虽然我自己的人生和付平安并不相同,但歌词里写,'三十岁,终于可以不再被安排;三十岁,以为可以活得自在;三十岁开始看透人生百态',经常和当下的自己有重合的感受。"

张博俊觉得这部作品对演员最大的挑战,在于需要对人物每个时间段的心理有清晰的把握。当角色在舞台上的年龄渐渐超过自己的年龄时,张博俊通过观察父母对婚姻与爱情的态度来获取灵感与支撑。

博俊说:"这部作品说的差不多是我们上一辈人的事情,上个世代的人身处物质世界快速变化的时代,我感觉他们对于物质更加敏感。现在的年轻人生活更稳定一些,追求精神的程度更高吧。但不管怎么说,不同时代的人,感情是共通的。"

那天下午,张博俊的妈妈也和他一起到达了剧场。张妈妈性格热情,寒暄几句后,就开始和我们谈起《致爱》的观众反馈。张博俊不怎么喜欢发朋友圈,父母都在重庆,而他主要在上海工作,妈妈想关注他的动向主要靠看微博。久而久之,张妈妈不仅能知道博俊的工作动态,譬如几点开演、几点下班,连各个作品在业界的评价也了然于胸,对中国音乐剧圈都更熟悉了。张博俊不是一个喜欢一直和家人保持紧密联系的人,后来他想,妈妈借助微博了解自己的工作,其实也很方便,反而比单向度地解释要更好一些。

左图 内心深处一直对舞台有着渴望。

寻找"正业"

他的活法算是一种比较典型的、正面的小城青年样本，认真、踏实、上进、不卑不亢，不激进也不自怨自艾，有自己的追求，打的是长期战术，一路稳扎稳打走到今天。遇到所谓的生存焦虑，内向者张博俊通常选择独自消化。

坎坷是妈妈向我们提起的。年轻时的求学道路不是太容易，压力也曾像团线，一层一层紧紧缠在博俊身上。

艺术之路的开头其实很顺利。张妈妈是小学音乐老师，张博俊则在小学高年级阶段转学去了同一所学校，当时一家人还在四川达州生活。博俊自然获得了更多的上台机会，也一直都很享受在舞台上的感觉。

他开始坚持上声乐课和钢琴课，家里花重金购买了三角钢琴，而从小博俊就有一副好嗓子，用他自己的描述就是——"叱咤小县城"。到了初中来到重庆上学，博俊经历变声期，就停了一段时间的声乐课。到了高中，声音状态逐渐稳定的博俊又重拾声乐，结果一直教他的老师突发意外，张博俊不得不更换老师，上课就不是很适应了。"那个时候自身条件比较好，但大家对于美声的概念和教学没有很科学，所以会喊，为了考学又去学一些很难的不适合自己的歌，养成了一些不好的习惯，到现在还有一些没有完全改过来。"

那时，张博俊决定走艺术特长生的招考路线，第一年高考，他原本获得了中国人民大学的特长生资格，但没有考到重点大学录取分数线，于是决定复读，2010年再战。次年，博俊和妈妈一起前往北京参加北大的艺术特长生考试，考试再次失利。张博俊很懊恼，内心被击得七零八落。还要再继续吗？长时间的混沌和无助占据了他。但终究妈妈的支持和渴望艺术的心情占了上风，人生的这道题，他还是想好好作答。

后来，张博俊成功和浙江大学签约，高考成绩637分，稳稳考入浙大人文大类。浙江大学第一年不细分专业，按大类招生，文科生张博俊在社科和人文两个方向中选择了人文，他潜意识觉得人文离艺术更近。大二他选择进入学业压力相对较轻的新闻系。

合唱团和话剧社，占据了张博俊大部分的大学时光。浙大梵音剧社在大学生戏剧圈中知名度很高，每年制作的大戏还经常去其他院校巡演，演出水准常常超出观众对学生剧团的期待。张博俊记得在话剧社做的每一个任务。刚入校时，剧社要做《这里的黎明静悄悄》，新生张博俊领到的是制作音效的任务。70多个音效，包括枪战戏份，几乎由他一人完成。虽然是幕后工作，却能给博俊带来充沛的满足感。很快，他就从幕后站到了舞台上，在杨绛先生的作品《称心如意》中，扮演喜剧角色四舅。

彼时，沉浸在做戏和音乐氛围中的张博俊并没有生出自己一定会成为专业演员的念头，类似的想法顶多是一闪而过。

在今年上海国际音乐剧节的闭幕式上，张博俊献唱《你好，十年》，这首歌节选自原创华语音乐剧《对不起，我忘了》。在演唱之前，张博俊独白道："2011年的张志（张博俊原名），你好。这里是2021的张博俊，没想到吧，你改名字了。你在干什么呢？在合唱团排练到晚上10点。在考试周疯狂论文到第二天早上10点。在为了10天后话剧社的表演感觉到紧张和兴奋。当你的同学们都在忙着出国、忙着考研，而你却在忙着不务正业。你是不是也会感到心慌、感到迷茫。你敢相信吗？其实你现在所有的不务正业，才是你10年后的，正业。"

10年间，一个不敢想象全职艺术道路的大学生，变成了业界知名的音乐剧演员。转机发生在张博俊毕业之前。浙江大学统计学专业的学长佟欣雨，也是张博俊话剧社的前辈，毕业后转到戏剧行业。"老佟"建议博俊，有个剧组面试演员，可以去试试。当时的张博俊本来正准备毕业后先间隔一年，再出国念舞台管理的相关专业。

他要面试的，是音乐剧《Q大道》中的一名"超级替补"。这是一种音乐剧剧组里的常规配置，"超级替补"需要学习多个角色，以便应对各种紧急情况。张博俊临时找学校舞蹈团的学弟教了他一段现代舞，就去面试了。结果，他顺利获得这个机会。

2014年的春天到初夏，《Q大道》在北京驻演32场，张博俊每场收入500元，但没有得到上场扮演角色的机会。每一场，张博俊在台侧和其他演员共用一个麦克风唱和声，偶尔需要帮忙拿木偶，谢幕时才和其他演员一起上台。

从小接受声乐培训的博俊在演唱上颇有心得，话剧社的经验让他对舞台表演亦不陌生，唯独舞蹈几乎没有被系统训练过。博俊记得，《Q大道》的编舞是一个外国老师，性格比较冷淡，很少给正面反馈，而这位编舞一直对博俊的舞蹈能力不是很满意。后来博俊接到音乐剧《一步登天》，新舞蹈的难度超出他的想象，只好硬着头皮在地上滚来滚去。这部剧演过一轮后，那位外国编舞来看第二轮的排练，结束后对他说："Lester（张博俊英文名），我觉得你的舞蹈真的变好了。"

张博俊最终没有选择去修读音乐剧硕士专业，而是在不同的剧组和角色中学习如何成为一个职业演员。他在音乐剧《狮子王》中扮演丁满，迪士尼明确的演员管理制度，让他找到了对演员这一职业的安定感；在《我的遗愿清单》中，他饰演患上绝症的学生刘宝，加深了对表演的理解；而在《献给阿尔吉侬的花束》中，又对唱歌有了新的感受。

工作的邀约变多，业界的评价也变高了，张博俊的收入逐渐趋于稳定。虽然没有签约经纪公司，但是对如今的物质生活，博俊还是满意的。每个月他自己上缴五险一金，衡量着每一年的总收入，也享受着演员这份职业带给他的自由。

左图 张博俊在家中弹奏钢琴。窗台上放着的是粉丝送的礼物，他很珍惜这些"宝贝"，对他来说是和粉丝之间一种情感联系的证明。

屋子不大，但装得下所有孤独

一年前的状况则完全不同。2020 年疫情期间，演出行业遭受重创，所有的从业人员都不知道场停工将会持续到什么时候。疫情前，张博俊刚刚租下位于上海长宁区的一间 30 多平方米的公寓，为了赶上租房平台免押金活动的截止日期，他在下午 4 点看了房子，6 点就签了合同。结果春节回家，一待就是两个多月。在自己家闲不住，博俊就一个人回了上海这间出租屋里，还拍了一个展示房间的视频分享到网上。

视频里他半个身子探出窗台，左右是邻居种的盆景花草，背后还有洗晒的袜子，唱了音乐剧《玛蒂尔达》的片段"My House"，翻译为《租来的家》。歌词里唱——阳台上总有温暖的阳光，房间里总是干净又明亮，书桌上几本书，用它们来装装模样……

而实际上，这间房子的阳台角落装着下水管道，楼上的居民只要开始使用洗衣机，就会有小型瀑布的声响。屋子里摆满了粉丝们送给张博俊的娃娃，还有一整箱粉丝来信。博俊的书摆满了床边的墙角，一块"屏风"隔断了睡眠与起居的空间，仔细一看才能辨认出是一张床垫。

张博俊对自己的生活没有精致的要求，他的大部分生活其实就是工作。在家待着的时候也不会特别计划要做些什么。当初租下这套房子的时候，最吸引他的就是滚筒洗衣机和液晶大电视。尤其是洗衣机，是他最常用的家电。

张博俊对美食的要求也不高。他喜欢为吃设置目标。譬如为了减脂，可以一直吃同样的餐点也不觉得枯燥难忍。他也可以把目标设置为享乐，吃完也不会觉得有负担和愧疚感。如果没有特别的目的，那么就设置吃饭是为了活着。博俊开玩笑说，如果真的发明出可以取代食物的胶囊，他会是第一批使用者。

除了对床垫的创意运用，整个公寓让博俊最花心思的，就是购入了一面穿衣镜。

他是一个不太依赖镜子的人，只需要每天出门前照一下洗手间的小镜子即可。但去年的一天，张博俊到厦门巡演，入住酒店的时候就感觉自己的身体非常懒怠，声音也发不出来。他觉得这样的状态无法应对晚上的演出。所以花了一整个上午的时间，对着酒店的镜子做一些原创的身体训练。试着去活动自己的每一个关节，重新去做每一个表情，然后观看自己的身体，相信自己的身体会重新"活过来"。"很长一段时间以来，这是我第一次仔细地观察自己的身体。"

巡演回来后，张博俊就购买了一面镜子，他需要时不时确认自己身体的状态，用一个尽量客观的视角看待那个即将站上舞台的自己。

"客观"是张博俊很常提到的词，当年那个想洞悉艺术特长生招考标准的高中生，现在已经成长为在面试的时候，可以几乎准确地感受到自己是否达到评审标准的敏锐演员。他说："重要的是，你对自己的评价到底客观不客观。你愿不愿意承认自己的不足，比如他们没有选择你，就是因为你丑、你不够高，或者某个能力不够好。当你能够承认这些的时候，就不太会因为面试的失败而失落。可以一遍一遍去面试，然后从别人的眼睛里看到自己。"

在博俊的单身公寓里，我们请他和他的毛绒玩具们一起在沙发上合影。这些玩具大多来自粉丝的赠送，有的和他曾扮演的角色有关。

在他看来，只要不是贵重的东西，就不会有太多情感上的负担。而粉丝写给他的信，他也会认真读完。有的粉丝会写下对剧中角色的理解，也会透露自己的人生困扰，甚至有患抑郁症的粉丝，因为看了博俊的表演，感受到了温暖。这都给他带来了工作的成就感。但张博俊不会要求自己去承载每一封信里的故事。他也想保护好自己的生活和创作，一定的距离也能维持比较健康的观演关系。

Q&A

Q:

如果有你的学弟学妹也想
要试着成为演员，你会给
他们什么建议？

(:A

当然可以去试试看。但是，我是觉
得人要对自己有一个客观认识，需
要给自己的尝试设定一个限度。现
在新人面临的机会很多，想要进去
行业的人也越来越多，对双方来说
都是把双刃剑。

)

#WORK
关于工作

(Q) 今天你妈妈跟着你一起来剧场，习惯吗？

(A) 是舒服的。我妈是一个特别外向的人，特别能和人交流，特别打开，可能比我更适合做演员，我的朋友们都很喜欢她。她这两天在上海，我觉得让她也进来看一下我的工作状态挺好的。

(Q) 现在工作邀约变多了，可能不需要特别为面试担忧了，还有工作上的烦恼吗？

(A) 每个阶段都会有吧。你还是得去突破大家对你的刻板印象。我是一个挺不满足的人，总觉得自己还可以再去做一点什么。哪怕不是演员的工作，其实也想去尝试。

(Q) 音乐剧演员这份职业最吸引你的地方是什么？

(A) 自由和快乐，同时有成就感，总是有机会让我感受到职业是有意义的。

(Q) 有没有哪个角色对你的表演有比较深的影响？

(A) 《我的遗愿清单》里的刘宝。之前有一段戏，就是刚上场和大家介绍自己的那一段，我总是演不好，找不到感觉。有一天，我就是特别放松地开始说，没有特别去从技术上想这句话应该说成什么样，就真的很想和观众分享，很想说，我就发现他们也就会很认真地在听。

(Q) 想演，但暂时没有演到的角色？

(A) 埃文·汉森（Evan Hansen）。也想演一个反派，就这个人贼坏，但又可爱。

(Q) 你刚才在拍摄的时候，很自然地做出了很生动很幽默的表情，你感受到摄影师突然被"点燃"了吗？

(A) 我还没有发功呢！其实我不觉得自己是长得帅的类型，所以如果工作需要拍照，我就会开始做一些比较有意思的表情。有的时候摄影师就会说，好，这样很好，哇，保持！已经听习惯了。

(Q) 怎么看待颜值和演员工作之间的关系？

(A) 其实舞台剧演员，相隔这么远，精确到几毫米的长相，观众不一定感受得到，还是看你舞台上的能量。那我觉得都是有失有得的。长得好看的人呢，也许就会有距离感，没有那么好看的人，亲和力就会上升。

(Q) 你好像总有把人逗笑的能力，这是你的天赋吗？

(A) 我想是有天赋的，对于节奏的掌握。最重要的是，你要和观众站在一起，不要觉得他们在审视你，你要相信他们是爱你的。讲故事的时候，就像和自己的朋友讲故事一样，不然身体就容易紧绷，精神容易紧张。

1 粉丝献给张博俊的花束。

2 《致爱》剧中，张博俊演绎了男主博平安的一生。

3 舞台上光束打下来的瞬间。

4 也许是一名演员的专业素养，张博俊可以迅速进入情绪。

#LIFESTYLE
关于
生活方式

(Q) **休息时间都是怎么安排生活的呢？**

(A) 一般上午9点到10点之间起床，点个外卖，吃个早午饭，弹一会儿琴唱一会儿歌，刷手机。下午的时候看会儿书，打几把游戏。我在家也不喜欢钻研工作的东西。听起来好像特别不努力的样子。

(Q) **家对于你来说是什么？**

(A) 其实本身剧组的工作氛围，是比较像家的。演员们都需要打开，比较真诚地去交流，人际关系是比较紧密的。这样的话，就会比较需要自己的时间。我有时不想说话，舞台需要的能量很大，日常生活需要保存能量。我会有这样的幻想，只要我不动，我的能量就会回来。

(Q) **现在是独居嘛，有没有想过如果有了亲密关系，两个人在一起的画面是什么样的？**

(A) 嗯。我觉得是羊和牧羊人的关系。我喜欢撒欢放养的状态，想要自由的感觉，但对方要存在。

(Q) **最近在看什么书呢？**

(A) 三岛由纪夫的《潮骚》。但其实我一般看工具书比较多，比如占星、表演类的书。最近也想买两本关于缝纫的书，找些所谓"有用的书"读。

(Q) **你的家感觉被粉丝送的礼物占领了，有什么是经常会用的吗？**

(A) 这些娃娃其实就是和我一起生活了。前段时间我腰不是受伤了嘛，所以他们就送了好多药给我。还有那种类似龙角散对嗓子好的药也会送。

1 张博俊在外采的儿童乐园里玩得很开心。

2 家中的书籍。

3 张博俊向我们演绎他自创的身体训练。

(Q) **最近在听什么音乐？**

(A) 音乐剧的话在听《致埃文·汉森》（*Dear Evan Hansen*）
和《汉密尔顿》（*Hamilton*）。最近我还在听一个民谣歌
手，叫琼妮·米切尔（Joni Mitchell），歌词写得特别美。

(Q) **自己的婚礼上，会唱歌吗？**

(A) 不唱说不过去（笑）。我应该会唱《摇滚芭比》里的《爱
情起源》（*The origin of love*）。

(Q) **葬礼上会放什么歌曲？**

(A) 不放歌了吧，请大家就为我安静一会儿。

(END)

如果你正在往专业概念设计师的方向努力，
you will be inspired。

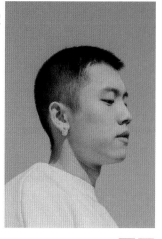

原辰

电影/游戏概念设计师。大学期间参与电影《阿丽塔：战斗天使》场景设计，剑桥大学金融学硕士毕业，目前工作和生活于北京、上海。

万分之一种生活

（概念设计师）的职业素养

❶ 学好英语才能接触到国外最好的项目。

❷ 想象力和审美是决定能走多远的决定性因素。

❸ 顶级设计师一定有较真的态度，每一笔都要画到最舒服的节奏才行。

在车里的原辰。

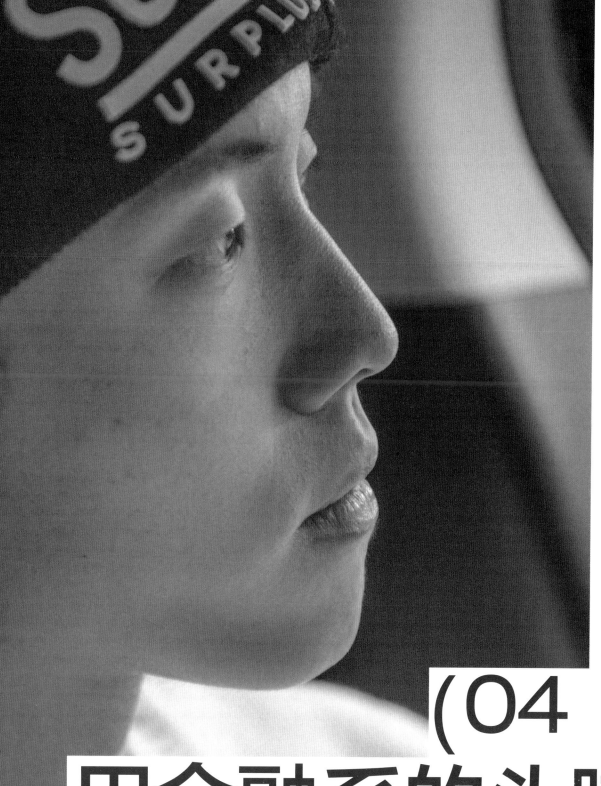

(04
用金融系的头脑)
做概念设计

采访&撰文　编辑　　摄影　　　　　妆发
Carrie　马云洁　Renee Chou　Yuri

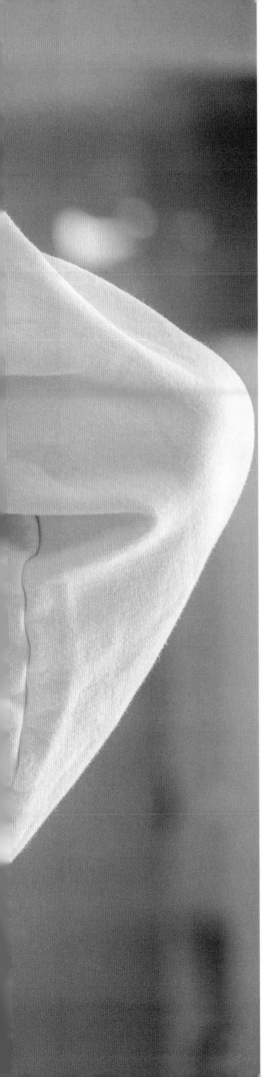

Q: 职业目标
是什么？

:A

（ "审美趋势是被
设计师定义出来的，
我希望
我是做这个定义的人。" ）

左图 原辰平时的穿衣风格比较偏冷
感系，喜欢黑色和简单一点的
风格。

这次对谈约在原辰上海的家中，门一开，这个真空穿西装、耳朵上挂着两个珍珠耳环的1998年出生的大男生着实令我们讶异，这副打扮和印象中不修边幅、埋头出图的宅男设计师完全不同。大学就参与《阿丽塔：战斗天使》场景设计，毕业后加入国内一家电影工作室，并同时为孩之宝、漫威、腾讯、网易等知名公司提供概念设计。在电影/游戏概念设计师的圈子里，原辰已经小有名气。本科伦敦大学学院数学与经济系，剑桥大学金融学硕士毕业的他，戏称自己是"艺术生+金融男"，既拥有艺术生的创造力和艺术追求，也有着计算经济效益的本能习惯。

概念设计这份职业

假想有一片单调的、连绵起伏的沙丘，温度很高，有黑色的石油渗出地表。月亮升起，光波以点、以面的形式向下冲击，刹那之间杀气四溢……你的脑海里可能已经浮现出了画面，而作为一名概念设计师，原辰需要将种种景象精确绘制出来，他的日常工作就是根据导演或者游戏制作人的需求，完成从角色、场景到道具的所有设计。

电影概念设计有前期和后期之分。前期先于电影制作前发生，后期指的是在电影镜头制作过程中，若导演想要尝试不同的效果，则需要概念设计师在镜头的基础上绘制特效示意图，再交给特效团队完成动态呈现。原辰大部分的工作属于前期概念设计。

软件学习是迈向专业的第一步。在众多软件中，Photoshop是重中之重，几乎所有的概念图最终都在Photoshop里完成，功底强的设计师只需要这一个软件就够了。在最开始的新人时期，原辰也学习过maya、blender、zbrush、ue4等3D软件来辅助创作。不断练习是必不可少的，绘画需要大量的实践，在工作中画之前没有画过的东西，帮助会很大。画面构成、光影、色彩关系的塑造水平，作品的合理性和美观性都需要去思考，同时也要持续主动地去学习行业顶尖设计师的流程和方法。

更难的是审美提升。在互联网时代学技术可以非常快，但审美需要大量积累，去接触其他行业的内容，打开眼界，感受什么是好的。"我会比较喜欢看摄影作品，看构图和颜色搭配，以及有趣的时装设计、建筑设计之类。当然业内也是不能忽视的，但只看顶级设计师的作品和工作图，去琢磨什么样的图符合好莱坞大片的工业流程。很多同质化的概念图我个人觉得不要去研究，除非是工作中偶尔做做，不然画太多可能真的就画不出新的东西来了。"

月收入6位数的由来

与印象中熬夜"肝"项目的设计师不同，原辰享受着闲适的上班节奏，中午12点到岗后吃份外卖，慢慢进入工作状态。工作时看起来也有些"不老实"，原辰习惯边干活边听播客，有时也会在另一个屏幕上同时放着电影。晚上7~8点下班后绝对不会加班，自己的时间会利用起来进行外包工作及个人创作。他手头上同时跑着4个外包，大部分来自国内外顶尖的电影/游戏项目，月收入达到6位数。

原辰并非科班出身。但他从小喜欢涂鸦，高中时期就对CG绘画感兴趣，并且展现过一些天赋——曾因出众的绘画才能在本科阶段被罗德岛设计学院录取。大二暑假，很偶然地接触到"概念设计"，这份职业对于角色、场景的构建工作，让他再次燃起对艺术的向往。他在网上报了一个设计课程，每周一到周五上课，每晚3小时，连续上了4个月。

在概念设计师聚集的专业平台ArtStation上，原辰持续发布作品，到现在累计发布了30篇帖子，百余幅画作。他的第一份工作邀约也是在这个平台上接到的，众多欧美公司会在上面物色满意的创作者。

整体来说，欧美市场的确有着一套成熟的工业化制作流程与体系，它更愿意给新人机会，也更专业。制作体量相当的情况下，会以非常清晰的方式制作好参考文档和描述，以提升双方的协同效率，原辰现在接的不少活也还是来自国外的项目。国内的生态非常蓬勃，但因为发展阶段不同，有时客户不太清楚自己要什么，这个时候就需要概念设计师去帮着梳理需求和给到建议，这点也是专业能力的一个体现。

除此之外，收入还取决于公司，以及是否以个人身份接外包，这其中，游戏和电影行业又有区别。

游戏行业里，刚入行的设计师通常可以接到一些普通公司的外包，或者在小型游戏公司就职，月收入几千到一两万。如果能入职游戏大厂，头两年的年薪可能在二三十万。大厂的提升空间比较大，做到美术总监年薪过百万比较轻松。国内电影行业比游戏行业整体收入会低一些，能赚多少钱基本取决于能力和投入的时间。收入最高的是只接外包的自由职业者，一般都是行业很有名的大佬，他们其中很多人也会开设网络或实体培训班来增加额外收入。外包工作的性价比也比全职高很多，速度快的设计师只需要一两天就能完成一张价值两三万元的画稿。若是能接到好莱坞电影制作公司的合作邀请，收入不会低。美国的公司一般按照时间计算报价，一个中等水平的电影概念设计师日薪在500~700美元，经验丰富的可以拿到1000美元以上，特别出名的大佬就更高了。外加电影项目前期开发至少几个月，这个日薪相应也可以持续很久。

从大学开始，原辰陆陆续续和国内外不下二三十家公司有过合作。而随着自己作品数量和质量的提高，工作邀约也越来越多，现在甚至可以相对自由地挑选合作方，做更有意思、报酬更丰厚的项目。

右图 原辰作品《到达》（ Arrival ）。

学历、专业与就业

原辰本科主修数学，硕士主修金融，期间也在金融机构实习过。可在毕业后面临就业选择的时刻，原辰弃金融而投身概念艺术设计行业。有一瞬间我们想追问原因，但马上就明白了——当你更富有创造力，它让你饱含热情，让你有所表达，而这刚好又能带来可观的收入，为什么不呢？

通达在年轻的身体里并不是一个遥不可及的幻想。虽然实践金融专业所学知识的机会并不多，但他自认为还是因此获得了更好的逻辑思维能力和学习能力，也可以非常理性地看待绝大部分的事物，这很重要。"包括在国外锻炼出的英语能力，因为我知道国内有很多水平非常高的设计师由于语言的关系，不能和国外最好的项目合作。"

同时，学历对原辰人生观念的影响也很大，从大学时代接触到的优秀的人和圈子，到被亲戚朋友贴上"剑桥海归"的标签，都在提醒着他自己的起点在哪里。日子很长，也想继续往上走走。长期积累的知识体系让他愈发有底气，并保持知足。

更踏实地追逐自我，更实际地权衡愉悦，更务实地执行——每月的花销中，有几千元是用来请私人助理的，这位助理会为他处理一些日常琐碎，包括看合同、找画图参

上图 原辰作品《博物馆》(*The Museum*)。

考资料、订餐厅等。在他的观念里，每件事在固定的时间期限内都应该有一个最佳解决方案，他需要助理来进行信息检索、梳理筛选，为后面的视觉项目做好充分的准备。

由于电影/游戏的项目周期往往很长，如果不同时保持创作，一名概念设计师会面临没有作品可以展示的尴尬局面，所以在业余时间画画在原辰看来是相当有必要的。但选择作品发布时往往会纠结，他对自己的要求很高，希望发表出来的作品是当下的自己可以画出来的最好状态，绝不会揪住过去的作品不放。"如果我5年后还在说2021年发布的作品大家都点赞，这对我来说就完蛋了，我希望明年看到今年的东西都想把它们删掉。"

这是一种典型的向前看的思维。过去并非没有意义，只是相比而言，更有建设性的思考更多依赖于当下和未来的问题。怎么做？之后打算怎么做？——原辰倒是没有立下太明确的目标，创作没有一个终点，可能明天就来了，可能永远也不会来，核心是做这件事本身的幸福感。但他希望可以在3~5年后成长为一个受行业认可的设计师，"审美趋势是被设计师定义出来的，我希望我是做这个定义的人。我希望我的东西被借鉴或影响其他人，这是我想达到的境界"。

Q&A

Q:

你有想过什么时候、
什么状态下退休吗?

(:A

我觉得我是能随时退休的人，没
有把工作和退休划分得那么明确。
我也不向往退休，我觉得我现在
状态很好，并没有觉得工作在把
我压垮。我有点事情做，有玩的
时间，平衡得很好，未来可能会
把工作的时间压缩得更少。

)

#WORK
关于工作

(Q) 你通常怎么进入工作状态、怎么进入休息状态？会有什么比较有仪式感的行为吗？

(A) 进入工作前一定要吃东西。睡前会看一些视频，可能是美剧或随便看看，然后开网易云定时关闭睡觉。

(Q) 工作中有什么比较难忘的经历吗？

(A) 2018 年底合作电影《阿丽塔：战斗天使》，这是目前为止参与过的最大体量的项目，也是最激动的一次。当时我还在英国，晚上准备睡觉时收到一封来自美国的邮件邀请，问我有没有空。我们签了保密协议后，对方给我发了这个电影的合作。那天晚上激动了很久没睡着，脑子里想的是对方一定不能"鸽"了我。

(Q) 最想做什么项目？

(A) 《星球大战》。这属于我的个人情怀，从小就反复看星战，它对我影响太深远了，对我来说是神圣的事情，是我的夙愿。

(Q) 你的创作思路是怎么来的？作品中会有日常生活和思想的投射吗？

(A) 我的创作没有太强的思想性，也没有在映射任何东西。这恰恰是我喜欢概念设计的地方，没有任何一丝多余的动机。我并不想做一个头头是道的艺术家，去表达自己的生活感悟和思想，我觉得那样挺尴尬的。我的创作思路很简单，就是想画一张能让自己当下产生快感的东西，仅此而已。

(Q) 从接到项目到落地，其中的过程是什么样的？也一并聊聊你自己的创作过程吧。

(A) 设计师接触到的项目无论投资规模大小，内容都严禁提前泄露，在接到项目后首先就要签署保密协议。随后商讨报价，签署合同，开始工作。在这个业内公认的流程下，很多项目可以开始得很快，常常可能今天还在聊，明天就可以开始做了。

创作的话首先得有故事，就像电影要先有剧本一样，之后后续的画面创作都是要去服务于这个故事。比如我的系列作品《墙》(The Wall)，第一步我自己写故事提纲。第二步就是尝试黑白分镜，模拟电影镜头，用黑白草图去描述故事进展，哪怕非常简单甚至只有自己看得懂。第三步就是选出一部分重要分镜，通过各种手段制作成彩色的关键帧，制作过程有新想法可以随时加入。最后我为这个系列绘制了将近五十张成品，连成一个小故事。

1　珍爱的星球大战挂坠。

2　思考的状态。

3　常用的 Bose 耳机。

4　一块手绘板、一支画笔、一台电脑，原辰在家中就能处理画稿，开启工作模式。

(Q) 你认为想象力对概念设计师来说有多重要？

(A) 很重要，概念设计师的工作就是去想象客户描绘的世界。绘画技术和表现力是基础，想象力和审美才是决定能走多远的决定性因素。但是光有想象力也不行，还是需要很强的逻辑能力和执行能力去配合。

(Q) 你的个人作品往往聚焦科幻题材，目前的风格是如何形成的？

(A) 科幻是从小喜欢的题材，而且我一直对巨大的物体比较感兴趣，像巨大的房子、巨大的生物等，所以现在自己的作品里会有比较多的大场景。在这方面法国设计师保罗·查德森（Paul Chadeisson）应该是做得最突出的，我受他影响很大。

(Q) 目前有没有你个人很欣赏但从未尝试的风格？

(A) 最近感兴趣的是装饰派艺术（Art Deco），目前有在空余时间进行研究。

1

2

#LIFESTYLE
关于
生活方式

(Q) 你从小的家庭环境以及教育方式是什么样的？

(A) 比较和谐，家人对我的教育也属于非常宽松了。我小时候想做的事情挺多，父母一直很支持，并且会主动去培养我的一些爱好。比如那会儿很喜欢玩乐高，他们就会带我去参加乐高机器人兴趣班之类的。我不想要的东西也会很明确地跟他们说，比如语数外补课只是非常短暂地尝试过，去了一会儿我觉得不喜欢，他们就让我别去了。

(Q) 如何分配收入？

(A) 固定支出是北京房租和每周来往上海、北京的旅费。其他生活的开销上，不会太计较。另外会拿一部分钱做投资。

(Q) 你的周末是怎么度过的？

(A) 各种玩，每周五晚上从北京到上海过周末，周六半天看爷爷奶奶，陪爸妈吃饭。之后就离开上海见朋友，蹦迪打麻将。周日晚上会打篮球，偶尔跑步，维持一下形象，年轻人都不要太胖。

(Q) 蹦迪会蹦到什么程度？

(A) 通常都蹦到吃早饭。

(Q) 职业方向外有什么兴趣爱好？有发生什么有趣的事情吗？

(A) 打游戏，玩音乐，弹弹吉他，写过50多首歌。也喜欢运动。以前高中天天去健身房，大学是橄榄球队的，把自己练成200多斤的壮汉，现在想来蛮吓人的。

(Q) 喜欢什么穿衣风格？

(A) 简单，黑色为主，山本耀司的风格，不会精心去搭配，怎么舒服怎么来。

(Q) 有喜欢的书、电影和音乐吗？

(A) 从来不看书。最喜欢的电影是《教父1》，会反复看。音乐喜欢摇滚。

(Q) 有什么你很喜欢的物件吗？这个物件又有什么故事呢？

(A) 星球大战挂坠，前女友送的，很喜欢，如果掉了会觉得很可惜。

1 一直很爱收集各类手办。

2 在城市中漫游。

#SPIRIT
关于精神世界

(Q) 行业中有没有欣赏的人？他们有什么特质？

(A) 行业内有许多欣赏的人，比如英国的老师贾马·朱拉巴耶夫（Jama Jurabaev）。他们的共同特质是对设计一丝不苟的态度，每一个设计都会根据故事去反复推敲它的合理性，每一根线都不是随便画的，一定要画到最舒服的节奏才行。能在行业里走到最顶端的设计师一定都有这种"较真"的态度，如果不去斟酌这些东西，这里缺了一些，那里多了一些，最终的成品就永远会差点意思。

(Q) 生活中呢？

(A) 生活中挺欣赏家里人，每个家庭成员都让我学到了东西。我妈心态上很年轻，愿意接受新的东西。我爸从小带我拓宽视野，让我什么都会一点，长大之后就发现选择很多，真正知道自己喜欢什么。家里的老人对我影响也很大，他们一些刻板的看法，反而是他们鲜活态度的证明，让我看到他们那个时代深刻的烙印，让我感受到人类的变迁，我以后也会被打上烙印的。

(Q) 你最喜欢的一句话是？

(A) 朋友写过一句话："待到长日将尽，沉重的影子会穿过整片大地，再次触及你。"意思应该就是如果愿意等待，一切都会有最好的结局。

(Q) 希望未来会成为什么样子？

(A) 希望可以更稳定些，在一个地方成立家庭，做一个普通人。可以自由地生活，自由地工作，晚上看个电影，睡觉。每天可以是一样的，这就是足够的生活，不能再要求更多。

1 在天台上放空的原辰。

(Q) 你觉得怎样才算是成功？

(A)　成为普通人就是我最大的追求。太多人不愿意、不屑于做普通人，最终被迫做了普通人还很不高兴。如果能真的主动做一个普通人，并且做了，我觉得是成功的，至少在我的心态上、认知上是。想做成功的人是简单的，想做普通人才是难的，不如一开始就去欣赏生活中点滴的东西。就像快乐不是成功给你的，而是生活中最朴素的东西，比如吃一个 2.5 元的馒头、有自己喜欢的人。

(END)

如果你想做投资人，
you will be inspired。

李浩军

GGV纪源资本合伙人。主要关注社交、服务及消费领域的投资，主导及参与的项目包括小红书、哈啰单车、Keep、好好住和快点阅读等。GGV纪源资本是一家专注于全球早中期企业的风险投资公司，共管理17支基金，92亿美元资产。

万分之一种生活

（投资人）的生活体悟

❶ "人生赢家"既存在幸存者偏差，也有可能只是别人想让你看到的表象。

❷ 日常工作包括见新公司、内部讨论、行业研究、投后管理。

❸ 投资人工作最大的动力是为了保持和世界的连接。

李浩军所在的 GGV 办公室位于国金中心高层。

(05)

投资人的日常
与价值观

采访&撰文　编辑　　摄影　　　　　妆发
夏洛克　黄莉　　Renee Chou　Yuri

Q: 什么样的人适合做
风险投资?

:A

（ " 我们每招一个人，
都希望对方可以独当一面，
最后能沉淀行业见解，
树立行业影响力，
用判断为我们
抓住该抓住的投资机会。"）

投资人的日常

"我的行程现在大部分时间都不是我来控制了，因为投资团队的同事能看到我的安排，他们会见缝插针地在我的排期上安排会议。我只需要尽可能确保我的位置比较固定，方便他们安排。"中午12点10分，李浩军结束了上午的最后一场会议，吃完助理预订的盒饭，走进会议室，开始准备今天下午的访谈。

李浩军的工作日常被固定分割成两块，一半的时间在上海办公室开会和处理其他事务，一半的时间在路上见不同的公司和人。在上海的日子，每天7点前起床，送儿子去幼儿园后来到公司，8点半开始一天的工作。年初成为GGV合伙人之后，李浩军需要参加更多日常会议，参与多个项目决策。

对于新的头衔，李浩军觉得其实做的事情及自由度和之前相差不大，增加的更多是责任。在GGV无论级别，每个人做的事情都差不多，都是为创业者服务，找到好公司，投到好公司，然后看着这个公司长大。只是从内部组织架构来说，不同层级会获得不同的权限和资源，仅此而已。

在路上的时间，MU5101（上海到北京）和FM9301（上海到广州）是李浩军最为熟悉的两个航班。在上一周的周末安排完这周要见的人，周中清晨6点多出门搭乘8点左右的早班机是他的常态，晚上12点到1点结束一天的工作也成了从业九年来的日常。对于每天十几个小时紧凑的工作，李浩军坦言不觉得累，一是心理上习惯了这样的节奏和作息，二是差不多身体也适应了这样的生物周期。但更重要的是找到了长期坚持下去的理由："坦白来说今天干哪一行都不轻松，关键是你觉得这个坚持值不值得。我觉得投资行业随着时间的推移，会累计复利。一方面是这些企业的成长，另外一方面是伴随企业的成长带来的个人成长，那些被投企业生长到一定体量的时候，你还是很有成就感的。"

但是刚入行时，李浩军跟着当时的老板出差却不如现在泰然自若。搭乘早班机，在酒店大堂从一早开始见不同的公司和人，中午吃一个三明治快速解决午餐，到下午四五点的时候，脑子已经转不动了。"那时候属于可能有人在一直说话，但这些话一边进一边出，已经完全不能思考了，当时

右图 李浩军的工作节奏非常紧凑，除了办公室，咖啡馆是他最常出没的场所，在这里他会见各式各样的创业团队。

左图　李浩军的工位。

觉得工作强度还是挺大的。"

市场变化很快，这些变化会带来压力，而压力促使李浩军一直去接触新的东西，这也是他一直愿意做这行的很重要的原因。

如今李浩军一年差不多要看三五百个项目，背后对应着成百上千的创业者。有一些时刻，他会被对面坐着的那个人打动，被这群资源丰富、极其聪明又极度努力的创业者感染。那些人，有的背景相当好，会让人忍不住思考他为什么还要这么努力？为什么还要创业？在李浩军看来，自己离他们还很远。"创业者真的是最努力的一群人，因为创业者的生活其实是更辛苦的，也不是所有人都适合创业，这对我还是挺有正向激励作用的。"

从互联网产品经理到风险投资人（VC）

2012年的夏天，26岁的李浩军离开腾讯加入祥峰投资，开启自己作为投资人的职业生涯。

"12年6月份，我和一个以前一起实习的同事吃饭。他突然问我一个问题，他说你有没有考虑去做VC？我心想VC是啥？听都没听过。但过了两三个月，因为某一个基础通信软件的出现，我原本在的公司发生了很多变化。2012年又是移动互联网的元年，投资机构招了挺多互联网行业背景的人去看这个行业。"

机缘巧合，一个朋友介绍李浩军认识了前东家祥峰投资的老板，在一个周末的下午两人约在世贸天阶喝咖啡。当时李浩军以为对方可能要问很多跟金融相关的东西，但实际上两个小时他们只聊一个话题：移动互联网对于互联网来说是一个颠覆式的创新，还是一个渐进式的创新？谈话结束之后，李浩军顺利拿到入职机会。这个讨论本身可能并没有确定答案，就如同VC经常会问一些问题，目的只是为了了解对方对于问题的理解，以及问题背后的逻辑框架。

互联网产品经理和VC投资人这两个在常人看来不相关的职业，在李浩军眼中却存在某种延续的共性。无论是产品经理，还是VC投资人，都是从亿万用户的角度出发，从用户需求端去思考，通过提供不同的产品和服务，满足不同人群的需求。

"我们做产品经理的时候在干吗？抠细节，天天抠细节。按钮是黄的好还是绿的好，圆的好还是方的好，往左边移两个像素还是往右边移两个像素，每天都在干这个。其实跳开这个之外，产品之上是公司，公司之上是市场，然后市场之上是行业，再往上可能更宏观但接触不到。如果你做投资的话，可以有机会以一个更高的视角去观察这个行业，拓宽视野，这是我当时一个简单的理解，也是说服自己去做这件事情的其中一个原因。"

右图　不用处理工作的时候，李浩军会远
眺，放松片刻。偶尔也会思考什么时
候能出门旅行，去到处走走。

"认识自己就是通过不断反思。"

2004年，李浩军以688分的高分考入北京大学电子信息科学与技术专业，本科毕业后顺利保研，在象牙塔内度过了相对波澜不惊的七年时光。但毕业时，李浩军对于职业的选择依旧是迷茫的。他只清楚一件事，即完全不想待在实验室写代码。所以在找工作前，李浩军在多个行业做了实习，譬如银行、物流公司、咨询公司。最后一份实习是在互联网公司，这也是他职业生涯开始的行业。

李浩军觉得，80后成长的年代，大部分人都是人云亦云。父母让干什么，或者别人觉得什么好就干什么。比如说大家觉得学经济好，但事实上经济是什么？学经济你能干什么？并没有几个人能说得出来。但李浩军一直强调自己是一个善于反思的人，经常会对眼前的自己进行思考，找寻更好的方法提升自己，或者突破困局。

虽然是高分考入北大，但进入北大后，李浩军立刻发现果真是"人外有人，山外有山"。竞争者已然不是高中的那些人了，不管自己多么努力，旁边都有一群天天在宿舍打游戏，一考试就考八九十分的人。那些家伙在高中的时候就把大学数学、物理在内的大学课程学完了。

"我天天晚上写作业写到10～11点，考试只能考六七十分，真的很郁闷你知道吗？"

于是李浩军开始琢磨GPA（平均学分绩点）对于自己的意义。他发现GPA其实主要是用来出国的，他在大二的时候分析了很久，最终觉得自己不适合出国，这样一来心理压力也小了很多。

每个人的自我认知不一定有那么强，特别是年轻的时候，人们总是会习惯性地看到身边那些特别优秀的人。比如有的人一夜暴富了，某个同学财务自由了。且不论本身就存在幸存者偏差，更多的其实是朋友圈里别人想让你看到的表象，背后的支撑或者复杂艰辛的过程往往被忽略及掩盖。

"所以第一能力就是抛弃杂音，你得抛开这些杂音去分析自己，到底最想干什么，我觉得这个是最关键的。比如说我们团队的小朋友经常说自己非常迷茫，很肤浅的理由是自己的同龄人都做到VP了，年薪百万。心态还是要先放平的。"

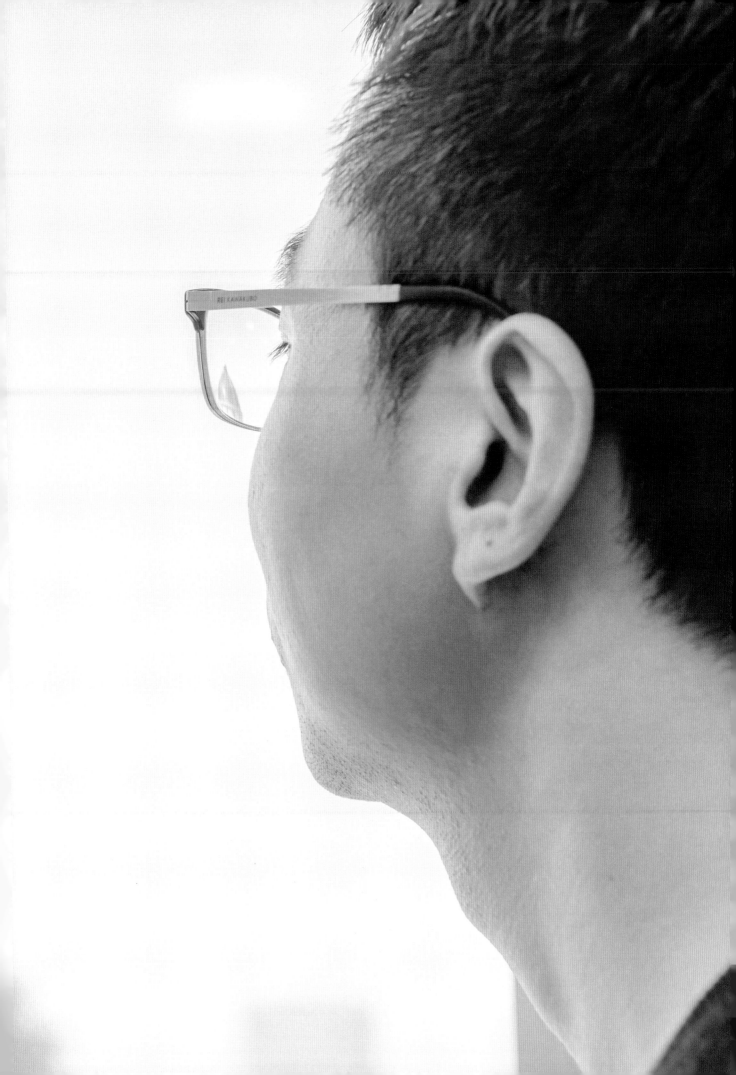

Q&A

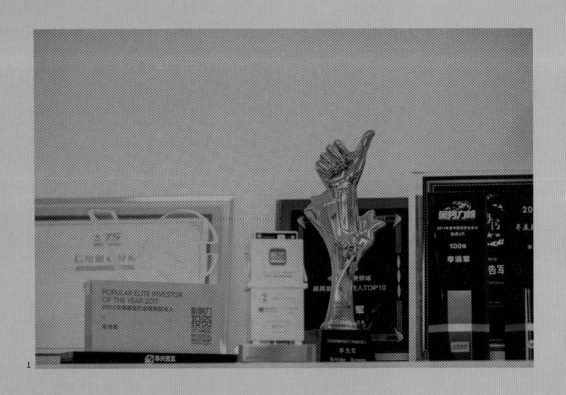

1

Q:

**最开始是很明确地
想成为投资人吗?**

(

:A

**有时候你得承认是时势造英雄或者
说顺势而为,有一定运气成分,你
说当时那个时间点大家想得有多清
楚,其实也没有。**

)

#WORK
关于工作

(Q) 投资人的日常工作具体有哪些?

(A) 大部分的时候就几件事,见新公司、内部讨论、行业研究、投后项目管理。通俗点来说就是和各种公司创始人聊天,不管是已投的还是没投的,以及跟团队的同事分析这个机会值不值得投资,这个行业值不值得看,剩下一些时间做内部管理。平时晚上会集中时间回复微信和邮件,信息过载问题实在太严重。

(Q) 你认为 VC 是什么?

(A) 我一直理解的风险投资其实跟纯金融不太相关,我们还是 个非常行业的视角,希望能够去捕捉 些早期的机会,它不太偏纯金融属性和模型分析。

(Q) 入行至今,看项目的视角有发生什么样的变化吗?

(A) 最早是投 TMT(Technology、Media、Telecom,即未来互联网科技、媒体和通信大背景下的产业名称),但我相对来说,一直比较以消费者视角,或者叫用户视角来看问题,所以我觉得其实今天只是承载的形态在发生变化,广义来说还是面向用户的。我看企业端、供应链端就少一些。

(Q) 会投多少品牌?

(A) 我们会有一个年度的统计,年度投资率是1%。我基本每年会投3~5家公司,公司一年会投二三十家,过去7年差不多都是这样。

(Q) 在行业中这个比例算高吗?

(A) 平均数吧,相对来说。我们会坚持自己的投资路线,不太会受市场影响,投资节奏、策略、风格比较固定,所以整体的投资比例也会比较固定。

(Q) 选择投资项目背后的逻辑是什么?

(A) 如果纯靠感性做投资,很容易会被带到坑里去,投资本身还是一个严肃的事情,投到最后是要算账的,其实还是数据驱动的。所以我觉得我们刚开始的时候是用感性做判断,但最后用理性做决策。

感性做判断的部分,一方面包括产品,另外一方面还包括人,因为投资方其实说到底最后最看重的还是人。人,你说是不是可以量化的,其实不能量化,这个东西是有些偏感性的,但最后还是要落脚到执行力、履约能力、交付能力,最后反映出来的企业的结果。

1 入行9年,李浩军获得了不少认可。

2 相比工位,他更常待在会议室见客。

3)4 作为投资人,日常需要接触和试用各种新品牌的产品。

79

(Q) **目前在你的团队里面，比如说应届生，或者工作经验少于3年的人占比高吗？**

(A) 有的，但是占比不高，小朋友的比例一直都不高。工作10年以上的比例会高一些，团队规模基本会维持在3~5人。

(Q) **在投资这件事情上会干多久？**

(A) 首先我觉得投资这些事情是可以做一辈子的。随着你经验、资历和资源的积累，做这件事情越往后可能越有帮助。另外关于要不要做自己的事业，我觉得这个可能性一直在动态变化中。如果遇到合适的人，两个人特别合拍，大家一起来做一件事，我觉得是很有可能的。看了那么多人创业，时不时也有自己下场的冲动。但做事情一定得有搭档。

1 陆家嘴高楼林立，是不少金融系毕
业生向往的地方。

2 投资人并非想象中西装革履，卫衣
牛仔裤是更常见的着装。

3 李浩军名片。

4 办公室人非常少，大多数投资人都在
差旅中奔波。

(Q) 如何看待品牌？

(A) 品牌其实是一种精神，它最后代表的从某一方面来说是社会心智，不一定是某一个具象的消费品才叫品牌，我觉得很多企业都是品牌，品牌代表着什么？它代表的是对某一种生活方式、消费习惯的心智的占领，"我信任你"，我觉得这是一种很重要的理解。

在做与消费品相关的用户访谈、用户调查的时候，我也更关注用户如何看待品牌，以及用户是通过什么渠道来和品牌沟通。当然这个反映到最后也可以用数据来做支撑，比如复购、营销占比。

(Q) 对于希望加入VC行业的毕业生，你觉得需要做好什么样的准备？

(A) 其实这个问题回想起来我都觉得汗颜，今天年轻人的目标性和目的性其实比我们当年要强很多，我们拿到的简历中，很多同学从大一大二就在相关行业相关公司实习，有自己的目标职业。

行业其实有产业链，上下游机构是一类，财务顾问是一类，还有外部做数据分析、数据尽调的公司也是一类。这些很不错的大企业每年都有大量的实习岗位，有的同学除了实习之外甚至还参与项目和案例，至少从我面试的角度，如果说你有针对性的经历，就证明你是认真地在考虑这个行业，比不相关的实习经历肯定要好一些。

当然这个也分情况，不是非要有相关经验。打个比方，芯片或者生物医药行业，对于专业知识背景的要求非常高。我们也会需要这样的人，我们面试的人中很多真的都是海外著名实验室的博士生。

(Q) 什么样的人适合VC行业？

(A) VC从业者不是一个职业经理人心态。我们每次招一个人，都希望对方可以独当一面，最后能沉淀行业见解，树立行业影响力，用判断为我们抓住该抓住的投资机会。我一直觉得平台和个人之间是一个互相赋能和彼此成就的关系，只要结果抓住了，对于个人、对于平台都是一种成功。VC的组织架构下，人员相对精简，对个人要求会比较高。

(Q) 收入水平如何？

(A) 对应届毕业生而言，月薪差不多在2万~3万，和优秀的互联网产品经理差别不大。但每个机构的奖金发放情况差别比较大。而对于最诱人的提成部分，如果不打算在一个基金待10年以上的话，就不要想啦，但是从长期来看，这是你价值体现最直接的方式了。如果待的时间够久、结果够好，最后的经济回报一定会最大化。

#FAMILY
关于
家庭与自我

1 休息的时间主要用于陪伴家人。

2 被绿荫包围的小区。

3 再忙也坚持接送小孩。

4 开车途中随机播放的歌曲。

5 李浩军的手机壳来自 KAWS 和
　Bearbrick 联名款。

1

2

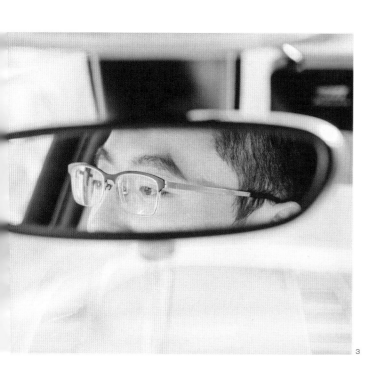

3

(Q) 家庭时间会怎么分配?

(A) 每周只要不出差,我都会回家和家人一起吃晚饭,抽1~2个小时来陪小朋友。我和太太都认为陪伴是非常重要的,即使我们俩人现在都非常忙,还是会商量着或者错开时间来陪小孩。我也会坚持送小孩上学。

(Q) 高中时代是怎么度过的?

(A) 那时爸妈在学校外面帮我租了个房子,同时找了位阿姨帮我做晚饭。我爸偶尔来开会的时候会带我出去吃饭。但基本都是自己一个人住,学业压力也不小,性格上发生了很大变化,会非常排斥和家人沟通,很叛逆。后来有一次期中考试后这种积累的情感爆发了,和父母大吵了一架,关系反而得到了缓和。

(Q) 你觉得大学时候的自己和现在变化大吗?

(A) 我觉得初心上来说不太大,我的生活方式这10年变化也不大。我是一个相对来说物欲比较低的人,更多的还是关注自我价值的实现。做什么样的事情能够给你个人带来成就感和满足感,是我特别在意的。

在这个行业,你会发现做得好的人、做得久的人,都不是因为外在的条件驱动,最大的动力其实是保持跟世界的连接。

(Q) 还记得小时候的理想吗?

(A) 现在还真的想不起来,我小时候记得我想做的有两件事情是反差极大的,第一件事是我想造汽车,另外一件事是我想做环卫工人。但有一点能明确的是,我从小就特别喜欢电子产品,在这一点上我家人也极大地满足了我,很早的时候我家就买了电脑,然后也在很早的时候,我就拥有笔记本电脑,我一直特别爱钻研电子产品。

5

4

(Q) **有过冲动想做一件什么样的事情吗?**

(A) 我以前特别想做个社交软件，虽然是一个听起来最不靠谱、最难的，但真的是我最感兴趣的。我认为社交产品最令人兴奋的是，它可以用轻量级的可能性去改变世界，甚至影响数十亿人。虽然失败是一个大概率事件，但是成功的话，我觉得还是非常有影响力的。

(Q) **如何看待坚持?**

(A) 我常常说虽然是几年如一日地做一件事情，但好的一方面是，其实你每天都会有一些新的不一样的东西能理解。

(Q) **投资之外，还有想做但还没实现的愿望吗?**

(A) 旅游。如果有一天真的时间很多，我很想背个包一个人去到处走走。不需要很奢华，也不必穷游把自己搞得很惨，就是随性地出门走走。

(END)

如果你也喜欢跳舞，
you will be inspired。

叶音

舞者、设计师，WiikSymphony舞
团成员。街舞真人秀节目《这！就是
街舞》第二季、第四季总冠军，2011
MDV个人冠军，2014 "style all in"
（Locking）冠军，2015-2017 B.I.S
冠军（Locking2on2），2015 "Lock
City" 世界总冠军。

万分之一种生活

（街舞舞者）的聚光时刻

❶ 试着理解音乐，把音乐视觉化，通过画面感去跳舞。

❷ 跳舞过程中难免受伤，要想想如何用伤处之外的其他部分去跳。

❸ 先拥有可以维生的主业，通过比赛、商演、授课一步步扎稳根基，时机成熟后，再
转为全职舞者。

像太阳般灿烂的叶音。

（06）

"耶！我就是
很喜欢街舞！"

采访＆撰文　编辑　摄影　　　　　妆发
秋寺山　　黄莉　　Renee Chou　　Yuri

Q: 如何理解音乐
并用街舞表达？

:A

（" 首先要多听，
至于怎么样去表达，
我会把音乐视觉化，
通过画面感去跳舞。"）

很多人是通过《这！就是街舞》认识他的。节目里总是开怀大笑的叶音，跳起舞来流畅又极富感染力，律动感太好了，无论是"抢七大战"，还是和朋友们合力完成的"马戏之王"（The Greatest Show），观者很难不被那生猛的活力劲感染，会忍不住跟着尖叫起来，隔着屏幕都让人觉得开心。叶音似乎天然有一种纯粹的磁场，那种单纯会激发朋友们对他的保护欲——不仅是好友叶正在身边忙前忙后，节目里的导演、工作人员，工作室的朋友，都会自发地呵护他的单纯。想参加《这街》但工作脱不开身没关系，一个人的梦想可以是一群人的梦想；比赛中陷入困境没关系，导师和队友们会帮着想办法把作品更好地完成。

跳舞是一件特别能让人感到快乐的事，至少对叶音来说是这样的。学街舞之后，每次在路上听到什么声音，身体都会不自觉卡着节奏律动，练起舞来也常常不知疲倦。但他坚定地觉得，不能完全把跳舞当工作一样看待。设计可以是工作，街舞要尽可能保持放松的心情。因为喜欢所以会跳，一直喜欢那就一直去跳。

叶音特别懂得享受当下，沉浸其中。喜欢跳舞，也喜欢画画、做设计，喜欢和朋友们一起玩，喜欢生活像河流一样自然塑造的形状——不太会想着一定要改变现状或者追求新鲜的生活，自然地发生就好。

最初学街舞的缘由却非常朴实。初中毕业之后的暑假，叶爸爸给叶音零花钱让他出去玩，接着他就爱上了跳舞机。一开始只是远远地看着别人玩，等到没人的时候，才敢自己偷偷过去跳。后来大家就一块儿玩了，叶音还认了个师傅，教跳"僵尸舞"，其实就是Popping，也教了Breaking。整个暑假都沉迷在跳舞机中。一段时间之后，叶音再碰到玩跳舞机的朋友时，对方跟他说自己正在为了学街舞兼职，告诉他说街舞有分很多种：锁舞（Locking）、震感舞（Popping）、霹雳舞（Breaking）、嘻哈舞（Hip-Hop）、甩舞（Waacking/Punking/Voguing）……超多，给叶音都听懵了。那会儿叶音连Hip-Hop都拼不来，想模仿涂鸦的感觉在白色T恤上画画，结果把Hip-Hop拼成了"H-I-P-O-P"。后来爸妈就觉得，既然这么喜欢跳舞，玩跳舞机不如好好去学一下，这才拉开正式的街舞历程。

人们常常喜欢谈及命运，而命运总是由一系列偶然事件促发。2007年1月，在家人决定要报街舞课之后，爸妈在网上查上海好的街舞机构，搜到了龙舞蹈、CASTER、炫舞堂，他们便一家家前往。先去了龙舞蹈，跑到那边发现门是关着的。接着就去了CASTER，赶上他们在热身，大概看了十几分钟叶音觉得待不住了，自行离开。最后去炫舞堂，去的时候看到他们正好在跟着Hip-Hop

右图 随时随地听到喜欢的音乐都可以跳起来。

的音乐跳，当时立马就感觉"噢，原来这就是街舞！"，在外边跟着他们跳了起来。舞蹈室是玻璃门，助教老师注意到了，就把他拉了进去，直到现在叶音都很感激当时的助教带他迈出这第一步。选择锁舞也有一个很奇妙的契机。当时试完课之后要正式报名，叶音跑去工作室却扑了个空，看到门口海报上有一个电话，不管不顾就拨了过去。对方回复说他们正在公演，于是叶音赶忙跑过去看，看到他的锁舞/狂派舞（Krump）/洛杉矶风格舞（LA Style）/埃及手（Tutting）的启蒙老师许志宏带的锁舞班在那儿跳舞，自此便被锁舞"锁"住了。当时是寒假班，每节课都是由不同的老师来教，叶音其实体验过狂派舞、编舞、爵士舞等，他都喜欢，中间也一直忍不住偷看其他人跳其他舞种，但锁舞无疑是最爱的。练了一个学期之后，上海来福士举办"炫舞门"街舞比赛，是一个像电视综艺一样的比赛。第一天有很多厉害的人来，比如韩宇。第二天叶音去参加了，他说他也想不明白为什么，觉得自己明明就是瞎跳，结果一路打到冠军。后来也在高中创办了街舞社，再之后就是利用业余时间参加一些职业比赛。2015年，叶音在含金量颇高的于新加坡举办的"Lock City"世界级赛上，夺得总冠军，那一年他24岁。

"很长的一段时间内，
跳舞都不是我的主要收入来源。"

叶音记得很清楚，学生时代通过跳舞赚到的最大一笔钱是拍"福特嘉年华"广告的酬劳。那支短片是在上海东方明珠下方拍的，那块儿有一个空旷的停车场，团队把整个场地包下来，福特在漂移甩尾，舞者们跳街舞，还有玩滑板和溜冰的年轻人。那次他得到了2000元的报酬，对大学生的他来说真是"哇"的一笔巨款。有时候参加比赛会拿到奖金，大学之后能接到商演了，慢慢地也开始在朋友的舞房教课。但在很长的一段时间内，设计才是他的主要收入来源。大学毕业之后，叶音的第一份工作是在一个动漫相关的公司做美工。再后面是在一家互联网保险公司做设计，很快升成设计总监、艺术总监，工资也慢慢上去，一个月能有七八千。那会儿基本是白天上班，晚上教跳舞，周末去参加比赛。差不多到2016年时，叶音受邀参加国际赛事和授课的频率越来越高，觉得上班一直请假不太好，就跟老板谈，于是顺利转型为自由职业者，按项目制接设计。

收入大头还是设计，街舞圈内大比赛的视觉包装会去做，有时候短片制作也会参与一些。改变是在参加《这！就是街舞》后到来的，街舞因此变得不一样，整个街舞圈也不一样了。叶音的生活更加忙碌，忙碌到不再有富足的时间画画，街舞收入也比之前高了许多，但消费观还是老样子，习惯了节约，不太会买太贵的东西。加上本身自己对金钱也没有什么概念，不会管钱，都是交由叶正来打理。

充满欢乐的童年生活

小时候爸爸妈妈会带叶音去上很多课，从幼儿园开始，会学乐器和唱歌，妈妈看小小年纪的叶音看奥特曼之后竟然能把主题曲哼出来，觉得很厉害。也在对街的上海戏剧学院里报过舞蹈班。后来又学武术，小时候还会经常表演一些动作，直到现在家里卧室的门背后，都还有一根可以用来压腿的木条子，是叶爸爸装上去的。

忙碌但贪玩。同学就住在街道对面，大家伙儿常常会一起爬到天台上去。也会匿在公寓后花园，跑到废弃的地下酒吧里面去探险。至于华山路上的那条弄堂，住的同学就更多了，弄堂里有好几个小区，有很多房子，春节的时候叶音会和他们一起放烟火，把瓶子当足球踢，或是围坐在刻印着象棋盘的桌子上下象棋。

到了周末，叶妈妈会带着叶音去人民广场，喂喂鸽子散散步。可他老喜欢钻到喷泉里边去。夏天的时候，衣服要是湿掉了，就在旁边换一件干净的再进去玩，要是又湿了，就自个儿在太阳底下待到衣服晒干。

**"喜欢待在爸妈身边，
想要一直住在这里。"**

叶音有着一个令人艳羡的家庭环境，成员之间，有着足够的爱与包容。爸爸妈妈会由着他的性子去接触不同的事物，但也会一直教导着要持续付出努力与耐心。叶爸爸在上海市文联工作，叶妈妈在文联旁边的上海文艺活动中心工作。活动中心里经常有戏剧演出或展览。叶音听妈妈说，她以前演过红色娘子军，她小时候也会画素描，然而直到好多年之后才发现，原来妈妈画的素描那么细腻、那么厉害。爸爸则是胶片摄影发烧友，会研究美国的摄影教材，家里也有一些奇奇怪怪的乐器，叶音尤其爱听爸爸吹口风琴。平日里，爸爸喜欢带着叶音听CD和看电视，家里会放很多mv，或是各种流行音乐、古典音乐。两人爱玩的心思不相上下，叶音现在老熬夜的习惯，最开始就是跟着爸爸学的，还在小学时，他俩就不时玩游戏玩到半夜。妈

妈是缝纫能手，叶音参加过的很多比赛的衣服，叶妈妈都有参与制作。比如说某一期街舞主题是"童年回忆"，妈妈就拿布剪出一个超级玛丽；主题是"动物世界"，叶音演老鼠，妈妈就把水管剪细，变成一个尾巴，再拿纸片弄两只耳朵。做饭也是很有趣味的事，一家人喜欢围在一起吃饭。印象深刻的是，大约初中那会儿，叶音在家跟着妈妈学会了煎荷包蛋，然后他就爱上了煎荷包蛋，天天给爸妈煎荷包蛋。比他们早起，接着把荷包蛋煎好了备在餐桌上。

现在住的枕流公寓，是叶爸爸从小就住着的，叶音打一出生起，也一直住在这边，自建成至今，房龄已经不下90个年头，但他贪恋这里的年代感和细枝末节的生命力，从未想过离开。

"耶！我就是超喜欢vintage！"

说不上来明确的缘由，但叶音就是

上图 家里的帽子有好几箱,这里展示了一小
部分:东北大爷帽、贝雷帽与渔夫帽。

很爱复古风。聊起自己收藏的衣服和帽子来,他几乎滔滔不绝。小小的空间里,衣服按照T恤、衬衫、外套、长裤分门别类收纳得整整齐齐,帽子也有好几箱——贝雷帽、渔夫帽,还有一些非常珍爱的礼帽和"战帽"。

　　在街舞圈中,叶音属于相当会穿衣服的那一类。平时看他的社交平台就知道了,他总能把一些T恤、衬衫和长裤搭配得特别复古又有活力。家里的很多衣服,有的是朋友送的,更多是从各种古着店淘来的。有些衣服上面有很多脏脏的洗不掉的痕迹,但他就是按捺不住喜欢,当宝贝一样。对帽子也有一些非常具体的偏好,叶音喜欢帽檐特别平的大檐帽,好不容易买到一顶时会超级开心。也喜欢有自然元素,比如火烧的边缘的帽子。还有精致的羽毛和蝴蝶结元素,翻毛皮也是超爱的!戴渔夫帽时,喜欢把边缘卷起来,觉得会更帅。

Q&A

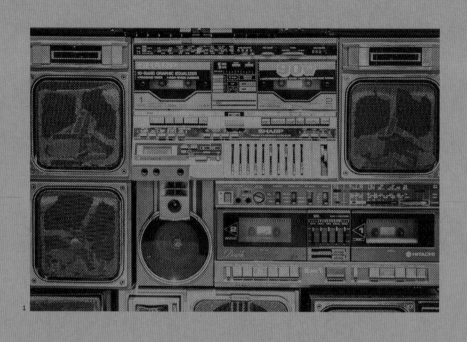

Q:

如何看待"名利"？

(

:A

我是觉得差不多就好了。但通过现在得到的曝光能够传达更多我们喜欢的东西，我觉得这个也很重要。然后也很开心可以认识更多不同圈层的人，了解到更多可能原先我们永远都不会接触到的一些事情，继而去推进一些交流与合作。

)

#WORK
关于工作

(Q) 平时的训练强度大概是什么样子？和参加节目录制有哪些不一样的地方吗？

(A) 不会像以前那样多，现在更多的是教课和常训，集训的时候和大家一起，很少自己一个人闷头练。

在节目中的话，更多的不是练舞，而是在编舞、编排、创意方面会输出更多。

(Q) 编舞上遇到过什么样的困境吗？会怎么处理？

(A) 经常会遇到。比如说一个很好的点子但实现不了，或者如果纯粹只衔接编舞动作，又很难去表达更高的立意。需要考虑很多。

比如《这！就是街舞》第二季的倒数第三场，我们要表达不同岗位的人在地铁上汇聚的情况，当时从头到尾都觉得很难。每个人要饰演一个角色，但大家穿的有点不搭边。道具上也出问题，导致想象中的动作无法完成。还有情感的表达，演得不到位，整体会显得不和谐，很难处理。来得及的话，身边的人会一起商量调整方案，如果实在是没有表现好，会赛后进行复盘。

(Q) 之前看到好几次你都是负伤在比赛，当时是怎么想的？如果受伤更严重了怎么办？

(A) 负伤再去跳的时候，我都会尽量思考如何用受伤之外的其他部分去跳。比如说右脚受伤了，我会把重心都放在左脚上。创造一些新的玩法，新的发力方式，所以每次这种时候我都挺开心挺兴奋的，比不受伤的时候还嗨。

(Q) 有哪些人是很想合作的对象但目前还没实现？

(A) 很多。比如Franklin（余衍林）、黄潇。

(Q) 在音乐的理解与表达上，可以给新人什么样的建议吗？

(A) 首先要多听，至于怎么样去表达，每个人的方法不一样，像我的话会把音乐视觉化。可能我听到这个音乐它给我带来的感受是方块，另外一段音乐给我带来的感受是圆圈、大波浪，不同的音效或音乐段落、歌词给我带来的画面感不同，我就会通过这种画面感去跳舞。比如"咚"这个声音，它会像一个很重的保龄球落在地上；"啪"，像一个锅盖掉到地上；"pia"好像更尖锐，像是皮鞭抽在什么东西上面。除了单个音效的表达，还有包括音乐的节奏，铺垫在音乐里的，比如有时候像一辆自行车在骑，有时候像一辆跑车或山地车在爬山路。

1 从各处淘来的旧收音机。

2 采访当天刚好叶音的同事、朋友也在，大家互相寒暄，都很开心。

3 日常的练舞场景。

4 Studio A是工作室里最大的舞蹈教室。

#LIFESTYLE
关于
生活方式

1

2

3

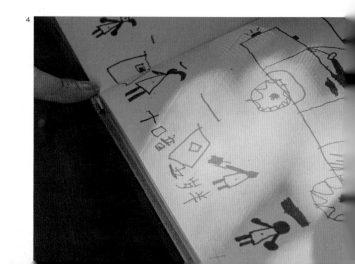

4

(Q) 最近几个月在忙什么?

(A) 除了街舞之外,主要是舞蹈工作室SYNC两周年庆的视频,另外会做一些周边服装的设计与制作,也做了几场讲座。

(Q) 状态怎么样? 有发生什么让你觉得特别开心的事吗?

(A) 基本每天都很开心,比较不太会发生一些不太开心的事情,因为好像也没有什么压力。比如每次去别的城市都会很开心,要去郊游似的。飞机降落的时候,就会觉得"哎! 出去玩了!",即使是去工作也会有这样的感受。之前去重庆授课,我是第一次去重庆,超级开心。到达的时候是晚上,雾很大很大,还在下雨,立马觉得自己掉入了一个赛博朋克的世界。楼和高架桥交错带来的纵深感,和楼与楼之间本身的高度差,感觉真的特别赛博朋克。后来又去了洪崖洞,远远在桥上看到洪崖洞的时候,觉得那样神奇的画面应该是属于电影里的。

(Q) 一天里面有自己特别喜欢的时间段吗?

(A) 深夜。觉得是灵感会蹦跶出来的时候。不管是练舞、编舞还是做设计或音乐。比如前几天我们做音乐做到早上6点,因为一直选不出歌,就不停地听、不停地选,也尝试自己去做。最后终于做出来了,一鼓作气把它完成的感觉,真的让人特别享受。

(Q) 什么时候会感觉特别放松?

(A) 去咖啡馆喝咖啡,如果有阳光照射进来,就会感到放松。有时候也很享受清晨,虽然往往是熬夜熬到早上,但一看到清早的光,就会觉得"啊! 我终于见到早上的太阳了!"。

5

(Q) 最近有在关注国内外的哪些事件吗?

(A) 其实经常是我的朋友们科普给我的,因为自己老是忘了要关注一下。也不是完全没有兴趣。比如王勉,当时知道后就觉得很有意思,后来也机缘巧合认识了。所以也经常会关注到国内外的热点事件。

1 上海SYNC舞蹈工作室进门后手绘的
　logo墙装饰。

2 对美式复古的热爱渗透在舞蹈工作室
　内的每一个细节之中,包括会议室的
　英文字体设计。

3 在坐车的间隙处理工作。

4 五岁半时画的小汽车和路上的行人。

5 保持脏辫的造型很久啦!

6 叶音的绘画设计作品。

6

97

#HOME
关于
华山路和家

(Q) 是否可以讲一讲从小住在华山路的经历与感受。

(A) 变化很大。以前对面都是平房，同学都住在里面，现在整个对面的平房都拆了。以前的上海戏剧学院也不是现在这样的，本来这边没有剧院，是后来新造出来的。楼下沿街的那些商铺，一直都在换。就连华山医院的变化也很大，最早华山医院是在现在路口的斜对角，我小时候还进去那边看过，后来就拆了变成了停车场。

我的小学就在边上，我跟我爸读的同一所小学——华山路第二小学。他读书那会儿学校还是挺大的，现在的那些商铺，可能以前都是学校的一部分。我上学的时候没那么大了，基本是现在的样子。小区花园后面有一面墙挨着小学，那儿有食堂的一扇窗户，我还会从食堂的那面窗户，直接翻回花园里然后回家。

(Q) 四季的街景是什么样的？

(A) 从家里的窗户就可以看到，春天树上会长出新芽。夏天就是热（笑）。到了秋天叶子就会变黄，以前每天在上学和放学的路上就喜欢踩树叶，我特别喜欢踩枯叶子，踩着脆得贼响，咔嚓咔嚓的。到了冬天，树叶就会掉下来，记得小时候还会下雪，雪好厚啊。

(Q) 从一出生就住在这座房子里，会厌倦吗？

(A) 不会，这里这么好（笑）。虽然也会想体验别的生活，但觉得现在在这儿挺好的。我很喜欢的是，这里有很多东西都是当年的，原汁原味的。比如家里的浴缸，掉皮掉得厉害，我爸刷漆了又继续用。浴室瓷砖和卧室地砖也是当年建这栋楼时的那样，虽然很斑驳了，怎么清理也清理不干净。木地板也是。包括门把手，水晶的门把手，还有水龙头都是。之前2018年去美国，我们在Airbnb（爱彼迎）上租了一间民宿，进厕所时，我立马"炸"了，它的门把手跟我家一模一样。洗手台的水龙头还有放牙刷的那个门，和我家一模一样。我马上发照片给我爸，那边是新的，我家是用了很多年，但是长得完全一样！

1 叶音在小区里花园的过道上。

2 叶音从小到大生活的房间有典型的
上海老屋格局，阁楼上是睡眠区域，
阁楼下是起居区，他喜欢在梯子上
跳来跳去。如今，叶音不常住这儿，
这里更像是他的储藏室。房里也保
留着许多学生时期的画作、舞蹈比
赛的奖杯。

3 位于上海市静安区华山路的枕流公
寓，叶音和叶爸爸都是打出生便住
在这里。

#FASHION
关于穿搭
和好玩的事儿

(Q) 穿搭上面有什么样的偏好？

(A) 喜欢一些旧旧的颜色，尤其黄绿色。主观上我对vintage特别没有抵抗力，很喜欢逛古着店。潮牌店是望而却步的，觉得贵啊。第一次去美国洛杉矶时，逛了Melrose Ave，一整条街都是潮牌店。看到一面墙都卖鞋，结果拿起来一看都是天价，就觉得还是算了。去到排长队的Supreme，也是进去逛了一圈就默默出来了，啥也不敢买（笑）。

(Q) 如何购入？

(A) 淘宝！也会去逛线下的实体店，最喜欢去原宿下北泽表参道的Flamingo、原宿Florida。日本的很多古着，像我们跳Hip-Hop、跳Locking比较多的，喜欢去淘POLO和TOMMY。虽然是同样的品牌，但新出的很多款，怎么说呢，就是比较板正，不宽、不阔。但以前的这种型就很帅，像胳膊抬起来的这个位置，不会卡腋。里面也可以穿很多衣服，穿件帽衫都行。

近年也有买一些国潮品牌，比如714street、MostwantedLab、GAONCREW。

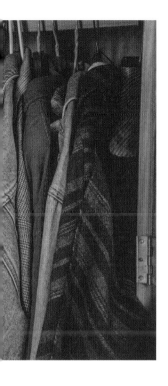

4

5

1）2 家里的古着，以衬衫和外套为主。

3 工作室进门口展示的帽子和衣服，
都是可以售卖的。帽子来自合作品
牌mossant，衣服是工作室自己设
计的周边产品。

4 衣柜里的T恤，有许多是工作室自己
做的品牌单品，也有不少是朋友们
送的。

5 《帽子的文化史》。

(Q) **平时会去什么样的地方玩？**

(A) 那种能带来沉浸式体验或者说有很好玩的场景的，比如长沙的"超级文和友"、上海的"1933老场坊"。密室也很喜欢去，有一点是想探索别人是怎么构建出这样的世界来的，里面使用的材质、肌理和质感，都做得像真的一样。本身我们也很希望能尝试这块儿。如果密室设计的故事线也特别好的话，带来的体验感也是很好的。

(Q) **一直都很喜欢动漫和电影吗？**

(A) 喜欢！但没有到"死宅"的地步。动漫喜欢看《鬼灭之刃》《咒术回战》《进击的巨人》，电影最近喜欢《哥斯拉大战金刚》和《正义联盟》！

(END)

如果你也想试试剧本杀创作，
you will be inspired。

别拿

西安人，剧本杀作者。主要作品《第七号嫌疑人》《局》《莲花观》。同时也在2020年年年中成为发行工作室西安外星人文化的合伙人。

（剧本杀作者）的角色人生

❶ 一定不能抄袭或借鉴任何已有的东西。

❷ 不断找玩家测试获取真实反馈，多次修改后再投放市场。

❸ 不要把剧本给不知名的小发行公司，利益难保障的同时，也很难发挥出价值。

外星人发行的推理型盒装剧本《成真》，很欢乐，需要6位玩家一起玩，时长4～5小时。

（07
剧本杀 ）
风口上的
创作者

采访＆撰文　　编辑　　摄影
秋寺山　　**黄莉**　　Renee Chou

Q: 会一直做剧本杀吗？

:A

（ " 我对新奇事物的接受能力很强，
所以我并不会一直
指望着剧本杀行业，
可能更倾向于去寻找 ）
或者创造下一个风口，
即下一个
新的娱乐形式。"

"更想创造下一个风口。"

第一天和别拿约在西安鲸梦谷露营地见面，离市区40分钟车程，途经白鹿原和片片樱桃林，是处风光极好的地儿。河水蜿蜒流淌，四周满眼鲜绿，太阳烘着人们，阵阵热风吹过，像白云织作的围脖。他穿得很轻松，白T恤、黑色渔夫帽和松松垮垮的长裤。临近点儿看到我们，抬起头笑着和我们打招呼，有点憨态可掬的意思。

别拿今年32岁，打出生起一直待在西安。没结婚，也没有小孩，和女友住在30多平方米的房子里。对户外一直饶有兴致，在忙碌的工作日程里，也会抽身出来体验自然。在山地里坐坐，煮煮饭聊聊天，煎的蘑菇和牛排味道挺好。

2017年，还在电视台老老实实上班的别拿开始兼职创作剧本杀。2018年下半年，凭借剧本杀的大火和创作带来的可观收入顺势成为全职剧本杀作者。2020年年中别拿还有了一个新的头衔——西安外星人文化合伙人，带团队一起耕耘剧本创作。团队现已有剧本杀代表作《局》《第七号嫌疑人》《如叹》《神尘》《市井狂人》等。

近距离接触后，你会发现他身上有一

种特别的略显矛盾的复杂性。行动看上去迟缓，吐字慢悠悠的。做事经常想一出是一出，今天沉迷唱K，可能下周就想不起来要去了；天阴了想吃面，隔日晴天就不再好这口。也忍不住没事就分析自己，理想里要云游四方，生活在别处，但不去也行。

既是松散的，也有韧性和出自本能的探知欲。日常情绪稳定，起伏落差小。对待公事理性，也想赚钱，撞上风口会积极游上去。"我这个人的特点是对新奇的事物接受能力强，所以我并不会一直指望着剧本杀行业，可能更倾向于去寻找或者创造下一个风口，即下一个新的娱乐形式。一是爱好驱动，很有意思；二是如果成功应该能带来很大的经济利益。"

剧本杀这几年确实热度高。《明星大侦探》将它带入大众视野，随后又有"我是谜""百变大侦探"等项目获得融资，剧本分发平台小黑探在2020年实现剧本总交易金额近亿元，再有2021年6月开播的新综艺《奇艺剧本鲨》，形势很好。别拿还记得自己刚开始写剧本杀那会儿，销量不过百份，一本只能分到三四十块钱。

右图 在户外露营是别拿一直喜欢的生活方式，虽然因为工作原因会一直带着电脑，但和自然接触总归会让人心情愉悦。

左图 最近在翻阅的《罗杰疑案》，是英国作家阿加莎·克里斯蒂创作的著名长篇侦探小说。

从去年5月到现在，刚好一年时间，收入却达到约莫六七十万。"据说顶级作者年收入能到500万，在行业里我应该处在中游，如果不出什么意外，明年年收入预计会在100万~150万。"

别拿算是最早开始玩剧本杀的那一批人。2015年，当时西安还没有线下门店，大家在朋友家里从网上下载国外本子翻译了玩。最早是玩《死神来了》和《丹水山庄》，凑局得八个玩家加一个主持。那时行业离商业化还算遥远，剧本杀也被叫作"谋杀之谜"，玩家在玩的过程中得脱稿，甚至要自己准备服装道具，再进行角色演绎。它是一个更倾向于扮演的互动型社交游戏，而推理真相、还原故事并不是唯一目的。

"问题来了就解决它，实在解决不了就适应它。"

别拿目前一共创作了近10部剧本杀。第一部叫《东海梦魇》，是非常早期的剧本，现在市面上可能已经见不着了。它关乎现代人物之间的恩怨情仇，本格推理性质，也奠定了别拿之后所有剧本的风格。之后一个比较有代表性的作品是《莲花观》，微恐性现代题材，别拿在这部作品中第一次以关灯点蜡烛和去NPC（非玩家角色）表演的形式营造恐怖氛围。但最具商业价值的无疑是《第七号嫌疑人》，它流畅又刺激，难度系数中等偏上，受到市场极大欢迎。

创作灵感通常来源于游戏、影视剧和书籍，也来自日常生活。但这点很难展开细讲。剧本杀的主要内容载体是"谋杀"，在设计这类剧本时，每个创作者都需要去考虑一个很关键的问题，即作案手法。经常在生活里看到某一个机械，比如火炉，别拿就会去研究它的机械原理是什么，有

没有危险性、在特定条件下会不会致死。

逻辑是别拿的作品基础，创新则是他最看重的。故事走向需要让玩家觉得意想不到又在情理之中，整体立意也要拉起来。创作过程是这样——首先思考核心特色，这个特色可以体现在故事，或者案件手法、结构、题材上，任何一点都可以。然后去写大纲，可能会非常详细。整个过程中，所有的人物关系和已经发生的一些重要事件都会罗列出来。接着从大纲中拆分每个具体人物，以每个人物的视角去思考故事，他/她知道哪些事情，不知道哪些事情，各自的看法和立场是什么。然后设计线索，线索要使这些人物之间的关系和故事相互关联。最后涉及一个凶案，把所有的故事给它画上一个终点，以一个案件作为结束。

"在做好初稿之后，我们会做市场测试来决定剧本是否通过。如果不通过，可能需要大幅改写甚至重写。如果通过则会进入修改阶段，市场部的同事会不断地找不同层次的玩家来进行测试，给到我们相应的反馈，然后去对它进行一个长期的多次修改和再测试，直到完成并投放。"

焦虑是常有的，几乎就没有一帆风顺的时候。创作遇到瓶颈没有灵感时，别拿可能会坐在电脑边发呆，一天一个字都打不出来，然后就整夜不睡觉，精神状态很差，也没有食欲。多数情况下他选择硬熬，偶尔也进行调节。但调节方法（打游戏）对工作没有太大帮助。会让人变得开心，但同时更难受。因为一旦把精力分出去了，就需要更长一段时间才能再把精力拉回来。

最让别拿痛苦的是近来推出的《蛰蜂之死》，这个剧本的创作时间跨度长达7个月，耗时极久。在此之前别拿从未涉猎情

右图 喜欢玩游戏，也会从中去琢磨游戏中吸引人的点，思考是否能运用在剧本杀的设计中。

感本，也不爱玩，他觉得自己不懂。"我不擅长细腻的心理描写，但在这个剧本中为了表现情感核心点，我不得不去揣摩这个人心里到底是怎么想的，他/她会被什么触动，思考这个的过程中我就非常非常纠结。"照猫画虎去模仿别人刻画人物的手法行不通，虚构的人物没有现实原型，而杜撰的心理终究缺乏内在支撑，站不住脚。

《蛰蜂之死》作为一种新的尝试，和之前的作品相比，受众相对狭窄，作为创作者多少会有挫败感，但他觉得可以接受。

自由、家庭问题、温和的叛逆

在社会里，活着本应该是每个人的私人问题，30岁就该成家立业吗？别拿不这么想。"我认为人的一生是贯穿始终的，它是一个整体，行动要先于言语，直接去做，不用去管现在是什么时候。"

他的思维大楼里，也没有"退休"这个词汇。在别拿的理解里，退休是指人努力工作一辈子，只为获得一个不确定的保障。工作只是工作，他不喜欢这样。他更倾向于工作是喜欢才做的，那可能会一直喜欢一直做。至于老年生活，他可能会有点理想化，觉得自己应该不会像父母现在这样，每天在家里面养养花喝喝茶，再出去转转，锻炼锻炼身体。他希望最好不要有所谓的老年规划，就一直做喜欢的事情，直到做不了。

终极向往是过上自由的生活，不只是指金钱自由或工作自由，而是选择自由和想法自由。它在于想做，更在于不想做。从小别拿就知道自己是什么样的个性，有明确的偏好，所有的东西都由当下的思绪决定。高中时选择理科，但毕业后就不想上学了。于是去和家里谈。那会儿年纪还小，个人意愿有表达但得不到执行，所以还是按照长辈的意愿继续读书，学不喜欢的自动化专业。慢慢随着年龄的增长，经济逐渐独立，自己的意愿有机会获得更强烈的表达了，也得以去相应执行一些真正想做的事情。

唯一让别拿比较担忧的，是双方在传宗接代这件事情上的矛盾。简单来说，父母希望他们有孩子，但他们没有这方面的打算。可能都不是很喜欢小孩，觉得没必要，也觉得孩子带来的压力太大。不仅是经济和生活上，而是责任和随之而来无法规避的自我牺牲。"比如说现在养猫，如果没有人管它，我们出去玩几乎不可能超过5天，导致我们没有办法放飞自我。想到一个地方去，很喜欢那个地方，思考能不能再住久点儿。不行，过几天我就得回家。"

他叛逆吗？也叛逆，但比较温和，不会让事情发展到勃谿相向的激烈状态。和爸妈那边会潜移默化地进行沟通，积极调和，有事没事提一嘴。也理解父母主要还是希望自己过得开心。但说到底没有要特别坚持，"可能今天不想要，明天就想要了，说不定对吧？所以我没有在这件事情上跟家里闹得特别僵，我会跟他们去讲，我目前是怎么考虑的，以后有了改变再说"。

Q&A

Q:

你认为剧本杀的创作和传统影视剧、话剧，以及狼人杀有哪些不同？

(

:A

通常影视剧、话剧会有主角配角，有主次之分，但对剧本杀来说，每个参与者都是自己故事的主角，所有人又都是整体故事的主角。狼人杀则是一个找身份的游戏，逻辑更多建立在发言逻辑和状态上，去推定谁是凶手。而剧本杀更倾向于既定的故事逻辑，去试试看你能不能发现它。

)

#WORK
关于工作

(Q) 毕业之后到现在的职业道路大概是什么样的?

(A) 2011年本科毕业,没有做跟专业相关的工作,而是进入当时是风口的"密室逃脱",我也算是西安最早一批的密室从业者。从2012年做到2014年下旬,做视觉设计,然后开店。2015年至2018年,这几年基本都在广播电视行业,期间有进行兼职创作。2018年下旬开始全职做剧本杀,当时也有跟朋友一起经营店面,做一些实景。疫情对行业冲击很大,后来就抛掉了线下店铺,重新回归当一个全职剧本杀创作者。去年新老板找到我,本身我们也是通过剧本杀认识的比较熟悉的朋友,双方很合拍,便加入了外星人,创作的同时也参与公司日常管理事务。

(Q) 影视剧和书籍有哪些喜欢的?从中能获得什么样的灵感?

(A) 日本电影我看得不多,包括日本推理小说,我更倾向于西班牙的,国产的也看。最近在看奥里奥尔·保罗的《无罪之最》,是一个八集的短剧,剧情相当精彩,他还有一部很出名的《看不见的客人》,也很好看。

韩国悬疑片会特别容易带给我非常刺激的感觉,它跟日系的很不一样,日系推理相对会注重传达一种社会现象,但韩国的推理片更注重商业性,它可能逻辑没有那么严密或者精妙,但那种反转的感觉、剧情的节奏和流畅度,我觉得要比日本的悬疑片好很多。很吸引人,我会尝试去捕捉那种感觉,并呈现在剧本杀之中。

前段时间有部《窥探》,我们比较喜欢。电影方面就更多了,比如源于现实事件的《杀人回忆》,被多次改编成剧本杀和其他形式的作品。《杀人者的记忆法》的节奏我觉得也非常好。但我们不会在电影中去研究作案手法,这是一个原则性的问题,一定不能去抄袭,或者说所谓"借鉴"任何已有的东西。

至于书籍,我整体看的不多,个人比较喜欢阿加莎·克里斯蒂的作品。小时候也看福尔摩斯,我对推理最早的认知就是来源于他。

1 《第7号嫌疑人》与《蜇蜂之死》。

2 别拿在家会花很多时间在剧本创作上。在他看来,剧本本质上是一个商业作品,不能单纯把它当成一个艺术性的对象看待,千万不能为了表达高的立意,而忽略了它的商业性。

3 正在做一份关于剧本杀的介绍文件。

4 和同事讨论工作。

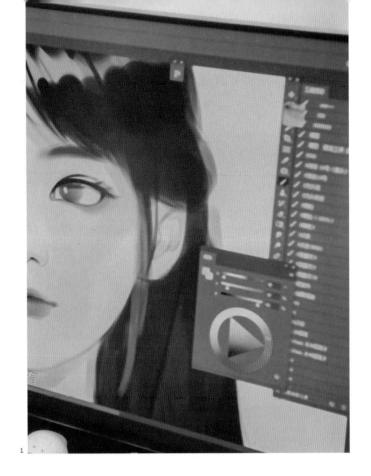

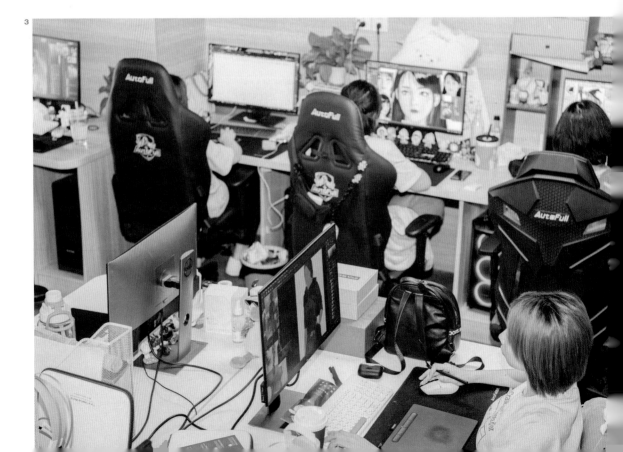

(Q) 平时玩剧本杀的频率是什么样的？有没有哪些觉得不错的本子可以推荐一下。

(A) 虽然入坑早但玩过的不多，平均一年下来不到10部。我对剧本杀的喜好比较窄，对情感本、阵营本、恐怖本没什么兴趣，几乎只玩推理类，偶尔玩欢乐本，挑一些口碑好的去体验。

我们自己工作室出的剧本当然都是推荐的，包括欢乐本《市井狂人》，以及我联合创作的《祸起穷奇》。另外，近一年内玩过的体验不错的有《极乐密室》《寻人启事》《追凶手记》《阿卡姆症候群》。

(Q) 玩家觉得好玩或是不好玩，你觉得受哪些因素影响？

(A) 非常多，甚至今天天气不好，或者外卖不好吃都会影响体验。当然最主要的还是剧本本身、主持人的流程把控、同桌玩家状态，以及店面的整体环境。比如我的玩法是这个样子，别人的玩法是那个样子，我努力扮演我的角色，然后别人突然说"你不要演了，我都知道了，我已经看完了这个答案是怎么怎么样"，会让人很生气。

我以前玩本喜欢自己一个人或者和两三好友一起去，这个时候是不足以撑起一个局的，要拼本，能不能有好的体验全靠运气。但还是很奇妙的，有时候很有意思。后来渐渐我都和自己熟悉的人一块儿玩，不拼本了，至少保证不会出什么麻烦的问题。

(Q) 去过的剧本杀门店里面有觉得自己特别喜欢的吗？

(A) 其实没有什么固定店面。西安比较有名的花生剧本推理社和"七宗罪"我觉得不错。

(Q) 你在剧本杀创作方面的收入是什么样的？收入构成是什么样？会理财吗？

(A) 收入不太稳定。现阶段收入来源只有剧本分成。最开始一本可能只有几千元。我的第一个独家剧本《莲花观》面世以后，才发现原来这中间可以有这么高的利润。它从最开始一套分成200多，到后面一套分成2000多，有一个非常大的跨度，给我带来的收入也开始超过我的本职收入。

这个故事其实蛮长的，那会儿市面上基本只有盒装本，平均价位200多，能卖几百套算很好了。但我创作了《莲花观》以后，我的合伙经营者突然提出想试卖独家，相当于一个剧本在一座城市只卖一家店，价格相应水涨船高，最高的时候能卖6000多。我本来认为这非常不符合市场规律，因为没有剧本会卖到这么贵，不会有人买，但确实成功了。

目前收入还是比较可观，但我不太理财。我属于不太能攒钱的人，有多少花多少，还不知道钱是怎么没的，稍微会攒一些（笑）。

(Q) 刚入行一般收入能有多少？以及是否能给剧本杀新人作者一些建议。

(A) 线上投稿作品，能获得几百到几千的报酬不等。线下剧本杀的创作周期比较长，一般需要3~6个月，具体收入取决于销量和分成比。我们公司因为都是全职做这个，基本上会保障每位作者月薪在1万左右，作品能进入市场的作者另外可以拿到平均30万左右的分成。

建议没有别的，请充分发挥、大胆创作。但不要盲目地把自己的作品投给一些不知名的小发行公司，利益很难得到保障。即便你剧本可能非常好，到了它们手里也很难发挥出价值，因为没有好的渠道卖出去。

4

1 剧本杀角色的形象绘制是整个制作过程中很重要的一部分。

2 同事绘制的线稿，为剧本角色肖像。

3 新工作室还没有装修好，大家只能分开两个地方工作。公司目前有创作部、美术部、新媒体部、市场运营部和制作部五个部门，别拿主管创作部。

4 《神尘》的海报，《神尘》是"外星人"发行的硬核推理还原类型的城市限定剧本。

#ATTACHMENT
关于城市
与亲密关系

(Q) 对西安这座城市的感受是什么样的？会被什么样的城市吸引？

(A) 其实没有什么特别的感受了，因为太熟悉。我没有在其他地方长期生活过，所以西安对我来说，是一个能满足我所有生活需求的地方。

我比较倾向于人少、安静、慢节奏、自然风光很好的地方，比如新疆、西藏。相对来说，东部沿海的 些城市我不是特别喜欢，因为觉得人太多了、城市太大了，我在里面不知道自己该去哪儿，不知道自己该在哪儿。但是在小城市里没有这种感觉，我随便坐在街边、坐在马路牙子上，也不会觉得违和，但在大城市这样做，可能会招致一些奇怪的目光。

(Q) 家对你来说意味着什么？

(A) 我最早对住宿的理解，包括对家的理解，只要有一张床和一台电脑就足够，其他的我可以完全不需要。所以你看，我现在的房子完全没有考虑接待客人，朋友不会来我们家，也没有准备第三张椅子，我很怕麻烦，大家通常出去一起玩。我们聚会时会根据类似小红书、美团之类的搜索引擎随机挑选去的地方。

(Q) 对于亲情、爱情和友情，你的需求是什么样的？

(A) 可能和大多数人都一样，我比较满意现在所拥有的，也愿意去珍惜和维护。是一种非常基本的融入生活的情感了，不太会有太大的波澜起伏，它就是日常。

1

3

2

1）2 "碳水天堂"西安，面食为一绝，羊
肉泡馍真的好吃。

3 最地道的羊肉泡馍需要自己动手掰馍。

4 外出露营必备的可折叠椅子，来自
FreeHike（飞客）。

5 西安有得天独厚的自然条件，有秦
岭、白鹿原，离市区不远的地方也有
好几个成熟的露营地。

#LIFESTYLE
关于
生活方式

1 别拿的猫。

2 露营带的饭盒。

3 家中的放松时刻。

4 鲸梦谷露营地的局部环境，这是一家比较成熟的营地，会提供水、电、厕所和常用装备。坐落在白鹿原，位于孟村镇中云村三组。

5 平时露营会带比较适合煎、烤或者煮的食物，比如牛排、蘑菇、西兰花、意大利面条等，通常也会提前处理好食材。

4

5

(Q) 业余有哪些爱好？

(A) 打游戏，另外最近热衷于露营。

(Q) 玩露营多久了？感受怎么样？会准备哪些装备？

(A) 我上学的时候就常和同学一起去爬山、郊游。真正第一次开始住帐篷是在大学毕业以后。早期经常是轻装出行，背个包就出去了，不需要开车。近来入了"精致露营""轻奢露营"的坑。

我甚至在家里的客厅扎过帐篷，主要还是一种体验吧。我喜欢不断有变化的生活，睡在床上和睡在帐篷里面的感觉是完全不一样的，在家里和在野外的感受也是。西安有得天独厚的自然条件，它有秦岭嘛，距离西安市区只有一小时车程，平常露营就会去西安周边。以前直接就是去山里，找一个环境好一点的地方，一块平地就扎帐篷了。现在会带很多装备，会去正规的营地，比如壕沟那边，和鲸梦谷露营地。

露营装备部分，住的方面需要准备帐篷、防潮垫、充气垫、睡袋；吃的部分需要卡式炉、食材、保温箱；除此之外是照明系统，这个很重要，会带上亮度高的主灯和氛围灯。另外一定要带上移动电源。我不太会去追求"高级感"的装备，加上不用考虑极端天气，所以选择单品时会主要考虑实用性和平价。全套的露营装备大概花费了2万元，大件一般会买国产品牌黑鹿（BLACKDEER）。

(Q) 玩游戏的话喜欢玩什么样的游戏？

(A) 各种类型都会尝试，因为我觉得游戏会给我带来很多的创作灵感。前段时间有部国产游戏《鬼谷八荒》，它的制作相对简陋，但玩法会让人非常沉浸在里面，其实并没有那么好玩，但就是停不下来。

我玩了一周，后来发现这个游戏里面有个点特别适合将要设计的一个剧本，可以称之为"捏脸玩法"——玩家需要5~6小时创建人物，这个角色从外貌、属性到天赋，都需要你去设计，而且这个设计不是说你想做多少就做多少，得通过摇骰子来得到随机属性。我们就会不断摇骰子，最后获得一个理想组合。它拿捏住了玩家追求完美的心理和人物塑造来之不易想要珍惜的情绪。

(Q) 最近几个月的生活节奏是什么样的？怎么看待工作和生活之间的关系？

(A) 有点混乱，因为太忙了。公司最近在做一些改制，包括部门的完善、新加入的员工，以及创作体系。

本应有一种平衡，但我觉得我没有协调得很好。行业发展还在早期，公司也处在不断尝试不断改变的过程中，目前比较难以平衡工作与生活。

(Q) 生活中是否会注重仪式感？

(A) 不会。我比较随意，你看像我的笔名"别拿"也起得很随意。中学打游戏的时候，当时战队名字前缀是bn，我用输入法打出来就是别拿，所以就一直用这个用了很多年。而且我没有特别要追求的东西，随心所欲，会随时根据想法来调整生活习惯。其实我也有尝试改变，过于没有规律的生活对健康等方面有一定负面影响，也列日程表和做计划，但发现按计划执行这件事情，目前来讲还是非常困难。

(Q) **独处的需求多吗？对自己目前的生活状态是否感到满意？**

(A)　不多。我可以和很多人一起玩，也可以一个人待着，不会
　　觉得无聊。目前我还挺满意的，相对是比较知足的那种，
　　随遇而安。欲望会不断滋生，但我没有特别强烈地说我
　　一定要得到什么，或者我一定要做什么。如果是换另外
　　一个样子生活，只要喜欢我就觉得还不错。我还是比较
　　理性的，虽然特别喜欢改变，但不会去做牺牲，或者做
　　一些在现阶段无法完成的事情，会慢慢地去改变。

(END)

如果你准备创业，
you will be inspired。

钱庄

中国头部泛心理产品与服务品牌
KnowYourself（知我）创始人。本科毕
业于北京大学、硕士毕业于哥伦比亚大
学，美国社会工作者协会（NASW）会
员、国家二级心理咨询师，拥有美国家
庭心理咨询经验，其个案经验包括物质
成瘾、抑郁症、焦虑症、边缘型人格等，
曾进入美国纽约州精神卫生研究所参与
"9·11"创伤研究。

万分之一种生活

（泛心理品牌创始人）的创业"修行"

❶ 工作成员之间要彼此在意，要相互分享，这是一种基于连接的工作文化，而不是基于竞争。

❷ 随着年龄增长，也可以反哺一些价值观给父母，用你的想法去影响他们的想法。

❸ 很多人认为可以靠拥有更多和占有更多来解决自己的痛苦，但其实只有付出才能解决痛苦。

作为CEO的钱庄，穿衣风格却一直都比较乖巧，有学生感，不同于人们心中以往的凌厉女强人形象。

(08)

非典型CEO
的反叛与理想

采访&撰文　　编辑　　摄影
秋寺山　　黄莉　　Renee Chou

Q: 如何看待成功?

:A

(" 成功不是我要追求的，
我更在意的是
我有多少潜能，
以及我能实现多少。")

"拥有绝对业余生活的CEO。"

在目前的舆论环境中，钱庄看上去是一位非典型的创业者，她是一位打扮得很有学生感的年轻女性，有着天然的感受力与柔韧度，看似温柔向内，却极理性且富有反叛精神，既是轻盈的，又是具体的。

在忙碌的CEO外壳之下，钱庄对自己的业余生活有着相当清醒的安排，她本身也是KnowYourself（以下简称"KY"）推崇的生活理念的践行者。喜欢梳理自己，喜欢冥想与阅读，喜欢和朋友们相处，也喜欢吃吃喝喝和一些美好、轻松的娱乐方式。

钱庄的周末一般是这样的：周六会在咖啡厅里学习或是处理工作，公司里有一个说法叫"给CEO留作业"，所以钱庄会需要完成她的家庭作业，看看论文看看书。晚上和先生一起吃饭，在街上散步或是看部电影。周日大多会和朋友们聚会。休息日整体生活节奏都会松弛一些，经常也会睡到中午十一二点起床，晚上打几把游戏

后再入睡。

创业前几年太忙，也顾不上身体健不健康。后来在朋友的劝说下，才开始一对一练泰拳。"我还挺喜欢这种能打人的运动的，结婚以后还打过几次，我特别喜欢让老公做我的人形沙包，因为我会用技巧把他摔出去。当然他也不敢抵抗。"

**"我希望我们更创新，
做标准化、可复制的产品。"**

2015年7月7日，KY文章上线，微信公众号名称"KnowYourself"意为"认识你自己"，来自古希腊哲学家苏格拉底，指人要自知。上线短短5个月，KY凭借高质量的严肃心理学内容积累粉丝30万。上线两年后即获得三轮融资。2018年，KY从自媒体转型为生活方式品牌，将自己定位为解决非治疗性的心理需求，用"数字化和标准化"的产品与服务降低精神健康服务的门槛。

右图 Practice In City（城市修行空间）
首家门店落地于上海巨鹿路318号，
外观整体以温和治愈向的蓝白为主
色调。

这并不是一次容易的转型，是KY经过整整一年分析和思考后做出的抉择。"当时我们认为，国内在心理咨询这块儿不是那么成熟。立法政策、保险、专业培训和学院发展，包括和一些精神科医院的联动等，都没有做好。在这个场景下，如果我们还要继续做心理咨询，就意味着要以私企身份为整个环境背书，品牌风险会很大。"

另外很重要的一点也是基于社会价值的考虑。全球范围内的精神健康领域有一个重要趋势，即认为把经费花在预防和早期干预上更有效率。其次是它的数字化创新，比如美国的Headspace和Calm，后者目前估值已经超过20亿美元。精神健康方面的市场需求其实是非常值得深挖的。

除了公众号之外，KY还做了几件事：推出对标Keep的app"月食"，主要功能是每日练习，锻炼情绪和心理；首家线下店Practice In City（城市修行空间）在上海巨鹿路开业，提供冥想类及心理类工作坊。"核心产品还是每日练习，它是标准化研发的，创新度更高，受到了更多认可。因为它脱离了人。比如说你是咨询师，你是人力来服务用户，影响力一定受到产业端规模和质量的影响，但每日练习是标准化、智能化的，所有人都可以用，没有边际成本。"

KY的品牌调性比较高，除了体现在合作客户包括香奈儿、雅诗兰黛等品牌，它的用户或许也能侧面反应这一点——他们大多受过良好的教育，至少80%为本科及以上学历。但精英化的色彩并不是KY主动追求的，只是在一二线城市，会有更多的

人群关注情绪与心理健康。今年KY也准备做视频形式的内容，以期触及更多城市的人群。

从零开始学管理

KY目前已经拥有1500多万用户，这是一个让行业里其他公司难以望其项背的体量。

钱庄坦言，从创业至今，她自己的职场经历和公司的发展道路相对来说一直都很顺。哥大毕业后，钱庄在读博和工作之间选择回国，经过一系列调研之后，觉得互联网节奏比较快，信息比较多，更适合自己。于是进了阿里巴巴旗下的全资子公司"友盟"，在这家做移动app数据统计的公司里做数据分析师，写报告，得以迅速了解市面上各种行业的趋势和现状。后来机缘巧合，前惠普的全球副总裁孙振耀退休后，想找一位90后合伙人一起创业，便通过阿里巴巴的一个人事找到了钱庄。后来约了一次见面，对方觉得她很适合创业，两人聊了两个月，后来钱庄辞职加入。

一起工作两个月之后，他们发现彼此的使命并不完全一致，一个想做垂直场景，一个想做全方位的场景，于是和平结束搭档关系，各做各的，但孙振耀还是继续在公司的管理方面给钱庄建议。跟他分开做事差不多两个月之后，平安创投又找到她，要给她投资。钱庄说，孙振耀老师是她创业路上的第一个"贵人"，也是她的引路人。他的帮助自己一直铭记在心。

创业道路上的最大难点也是关于管

理。钱庄创业做KY时只有26岁，对于如何管理公司是全然陌生的。以及，在身边都是同龄人的情况下，如何在建立权威的同时保持和大家的连接，这些议题她都没有经验，都是在过去的五六年里逐渐练习，最终得以提升。

最早的时候，钱庄是借鉴父辈的方法，很严格，也会发脾气，只管事情，不做文化建设。但后来她意识到，这样的方式能带来好的数据，却不能更大程度地激发组织创造性。同时，她一直在学习一些新的领导力理论，了解奈飞、谷歌这类大企业的工作方法。她发现这些都不完全适用于自己的公司。"举例来说，谷歌以高福利闻名，但很少有人知道其实这种高福利某种程度上是用薪酬来换的，那在国内这个就行不通，大家还是更在意薪酬水平。"

后来也读了一本书，叫《不同的声音》，书中谈到男性更擅长竞争、喜欢竞争，也喜欢在竞争中胜出，而女性相对来说会害怕竞争，害怕在竞争中胜出，原因是害怕在竞争中胜出会破坏和其他人的关系，因此作者认为男性是竞争伦理的，而女性是关怀伦理。"这件事情不一定是不好的，虽然商业社会认为这个事情不好"，钱庄由这本书得到启发，开始注重建设公司文化，包括提出了"Care、Share、Support、Trust"的工作精神，要彼此在意，也在意手头上的工作；要相互分享、相互支持、相互信任。这是一种基于连接的工作文化，而不是基于竞争，当然竞争还是会存在，但更多的会强调连接与支持。这样做以后，钱庄觉得大家的协作变得更好了，无合作不创新，创新要求不同背景的人在一起工作，这给大家之间的相互理解带来了很大挑战，但坚持做文化建设两

年多了，今年是第三年，钱庄觉得还是取得了很明显的成效。

和父亲的"对抗"

成长过程中，钱庄感受过的最大的外界压力来自自己的父亲。

家教特别严，甚至称得上"蛮横且专制"。上小学时爸爸要求钱庄考第一，但只考第一不能体现他对女儿的要求。小学的内容这么简单，爸爸这么聪明，作为爸爸的女儿，为什么需要做作业才能考第一名呢？就应该不做作业，然后考第一名。再比如在上初中时，钱庄有一个书房，整面墙都是书。有一天晚上，钱爸爸自己搬了一架梯子在那儿摆弄，第二天钱庄发现他把整个书柜里的书都从里向外这样转了过来，只留下一格全是文言文的。他说因为女儿长大了，进入青春期了，其他的名著都是关于男人和女人，不能再看，初中三年只能看文言文。最后钱庄在上高中时拿到了上海市虹口区古诗文大赛一等奖。

"你没办法抗拒啊，就是你考不好了，他可能说'我有钱，我去买一个女儿比你聪明、比你懂事'，然后就走了，可能一年都不再出现。真的会这样子。"

再举一个"偏门"的教育例子，钱庄15岁的时候，钱爸爸给她写了一组教材，其中有一章是关于在一面墙前面坐下，影子投在墙上，让她试着用灵魂和肉体展开对话。

有时候不得不承认人生中就是会有一些悖论。学生时代的钱庄，直到高中都有门禁，每晚6点前必须回家。出去玩几乎也是明令禁止的，只能在家里看书看剧，结果就看进去了很多书。

左图 骨子里反叛、渴望自由的钱庄。

右图 阅读是一个从小养成的习惯，钱庄在
读的这本书是马戈·沃德尔所著的
《内在生命：精神分析与人格发展》，
是一本心理学进阶读物。

到了大学，因为钱庄高中时是学校的学生会主席，也是上海市优秀学生干部。所以钱爸爸希望她到了北大以后能继续给党团工作，以后做像吴仪那样的人，从政，为党奉献青春和热血。钱庄本来也成了一个比较得力的学生干部，后来却选择退出。于是双方之间爆发了一次特别大的争吵。后来两人谈判。钱庄想考研究生，想出国，钱爸爸提了一个条件，必须要拿到常春藤院校的录取，才会让她读，如果拿不到就别读了，断掉经济来源。

偏偏钱庄也是一个特别有主见的人，一直在"较劲"。在还没有上小学的时候，妈妈哄她说西红柿很好吃。钱庄就会反驳说："你可以跟我说西红柿很有营养，但你不能跟我说西红柿很好吃，因为好不好吃是我自己的感觉，你不能替我说。"所以她也会一直跟爸爸强调，她自己的人生要自己选择，她要去追逐，她不怕风险。虽然在整个青春期，和父母的冲突很多，但好处是因为种种冲突，他们也很了解女儿。以及随着年龄越来越大，钱庄也可以反哺一些价值观给他们，用她的想法去影响他们的想法。

"异化"理论与现象探讨

三年前，创业一段时间后，钱庄经历过一段精神和心理状态特别不好的时期。她当时也理解不了自己为什么会变成这样，但凑巧读到了一些书，其中有一本社会心理学家弗洛姆编著的《马克思关于人的概念》。读着读着，钱庄发现她自己的状态和书中描述的很像，并且这个现象在后几年的时间里，在社会上越来越被更多人体会到，即人的"异化"。

"异化"是指人在方方面面不再与自己的人性相连接。在当时的钱庄身上，"异化"体现在她觉得自己是一个焦虑的、被数据驱动的、接在公司里的"人工智能"。而从更广义的角度来说，工作中的异化，是说员工像机器一样运转不停，作为企业的螺丝钉，不能看到自己劳动的成果。从消费层面米说，现仕的消费退化成了为了拥有而拥有，而不再是为了满足个体作为人的需要，马克思称之为"物凌驾于人之上"。在亲密关系中，现在的人际关系也更加功能化，比如认为有的人适合做情人，有的人适合利益交换等。甚至连娱乐方式也变得机械化，那么整体来说人会处于一种精神危机里，会感到空虚，感受不到自我的存在，不快乐，但是要说具体因为什么事好像也没有。再之后，随着"996"被热议，在垄断型企业大规模存在的情况下，人的异化似乎成了这个时代里非常普遍的一种不良心理状态。

如何处理这样的情况？

在钱庄看来，还是存在解决办法的。在异化的社会场景下，作为个体需要更关注与自己的人性在一起。首先需要建立私人性的关系，在纯粹的私人时间里能更清晰地感知到整体的人性。其次便是警惕消费主义陷阱，不要用自己去满足消费对人的要求。再次，是要尽可能去做一些创造性的工作，哪怕还是做同一份工作，但如果投入更多主动创造性在其中，工作体验也会得到很大改变。最后则是要去主动积极地爱别人。用弗洛姆或马克思的话来说，人只有在生产性的状态与爱中，才能构成完全的人。

"很多人对于解决自己痛苦的思路是错误的，会认为要通过拥有更多和占有更多来解决自己的痛苦，但靠拥有和占有实际上是解决不了的，恰恰只有通过付出才能解决痛苦。这是一件很有意思的事情。"

Q&A

Q:

有哪些提升生活质量的
小技巧可以分享吗？

(

:A

我还是比较会自我调节的，当有一
些焦虑或是不舒服的时候，我可
能会冥想、书写，然后重新找到更
专注在当下的一种状态。因为我是
学这个的嘛，我记得以前哥大一位
教正念的老师说过一句话，他说人
95%的不快乐都是关于过去已经
发生的事，或者未来还没有发生的
事。所以如果注意力在此时此刻的
话，是不会有那么多烦恼的。

)

#WORK
关于工作

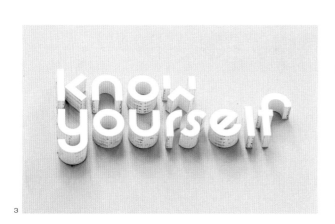

(Q) 除了KY创始人的身份之外，同时你也拥有美国心理咨询经验，可以讲述这份经历的特别之处吗？

(A) 那时我22岁，在美国一家针具交换中心工作，它为吸毒人群免费提供心理咨询以及其他服务。我的机构里面只有我一个亚洲人，来访者全部都是黑帮的、吸毒的，97%都是HIV阳性。但在和他们一起工作的过程中，我学会了尊重他人和共情。

(Q) 哥大毕业后为什么选择回国工作？

(A) 本来是打算继续读博深造，当时也找了三位教授帮我写推荐信，但临近毕业的时候，我们学校有一个Career Development Center（职业发展中心），我去咨询了生涯规划这一块儿。那边给了很多材料和测评，问我适合什么、喜欢什么、擅长什么、想要的生活是什么样的等很多问题。我突然意识到，我以前在做选择的时候是未经思考的，大家觉得北大好，我就上北大，大家觉得哥大好，我就上哥大。当时我就觉得不能再继续这样做选择了，我想了解更多。另一方面，和我与父亲的抗争有关，急于获得经济上自我供养的能力，不用家里的钱。综合这两点，我决定回国先工作。同时也想重新思考一下，什么对自己来说是好的生活。

(Q) KY初创团队是什么样的？如何分工？

(A) 最早的时候其实就是一些对心理学感兴趣、志同道合的朋友，大家一起写公众号，他们中大部分人也没有和我组建成初创团队。但我有一个合伙人雷震宇，管商业变现这块儿，他在战略层面也参与很多，我们2018年的那次重大转型，他贡献了很多想法。

(Q) 作为CEO，每周会有哪些固定安排吗？

(A) 周一有管理会，讨论专项重要议题；周二有数据会，和大家一起梳理整个公司各个板块的数据情况；每一周半，会有一次增长会，因为今年公司的年度目标是用户的增长，这是一个跨部门的业务会，会复盘过去一周半我们做的一些增长动作、效果和经验。另外每两个月会做商业OKR（目标与关键成果法）分析。

1 采访当天天气很好。

2 钱庄希望在公司里建立一种基于连接的文化。

3 公司的logo。

4 Practice In City（城市修行空间）四楼。

133

#EMOTION
关于
情绪

(Q) 你的人生中，有经历过一些特定的事件或者记忆片段，让你觉得它们塑造了今天的你吗？

(A) 我一直认为人的生命是连续的，在我看来生命不太会，比如说从某一个时刻开始，它就变得不一样了。我知道很多人都会这样想，但事实并不是这样的。我觉得还是因为一些长期的习惯和爱好。

一个是在我年纪比较小的时候，就非常爱读书；另一个是我非常爱写作，写作对小时候的我来说就是一种游戏，你给我一张纸、一支笔，我就会玩很久；另外就是我说的心理咨询。可能更多的是这种长期的向内自我探索和对世界的探索，造就了今天的我。

(Q) 平时在生活中会怎么样去寻找愉悦感？

(A) 总体来说，我是一个愉悦感比较高的人。所以即使什么都没有发生，整体状态还是平和的，不太需要特别去寻找。

(Q) 会有必不可少的情感需求吗？

(A) 有啊，我是一个非常看重朋友的人，比较念旧，现在生活中玩得很紧密的朋友很多都是小学同学、初中同学、高中同学，我们一起长大，所以我们大概有这么一个二三十人的小圈子，会经常在一起吃饭、串门、打麻将、看综艺，女孩子之间也会一起做做美甲什么的。都是很生活化的朋友，和他们在一起的时候不用去考虑很多复杂的事情，这么多年已经像家人一样。

(Q) 在感情生活中，双方的相处关系是什么样的？

(A) 我觉得所有的关系都是有付出有索取，健康的关系肯定是这样的。在感情里我觉得两个人都舒服是最好的，彼此接纳。我和先生很亲密无间，不太会需要有自己的独处时间。两个人很合适，生活方式相当，消费观相当，想要追求的东西没有太大差异。比如说我比较随意，那对方特别讲究可能就不行，我们俩都比较随意。

(Q) 觉得自己是一个喜欢自我剖析的人吗？

(A) 我从16岁开始接受心理咨询，和一个心理医生维持咨询关系，断断续续已经有十几年了，到现在我们还是会每周以Skype的方式聊天。我去做一个这么长时间的心理咨询，并不是说真的有什么具体的问题，而是说我从2013年开始尝试以后，觉得这是一个很舒服的生活方式，有一个比你年长、比你有人生洞见的人，定期地陪伴你，然后你在他的陪伴下梳理自己，去从内而外地分析自己，这是一个我很喜欢的事情。

1　淡淡的香氛也有利于获得放松。

2　准备去练习冥想。

#LIFESTYLE
关于
生活方式

2

(Q) 从北京到上海，生活方式上面有发生变化吗？

(A) 有的，当时回到上海，就是在我状态不好的那段时间。我是浙江台州人，在上海读高中，后来因为上了北大去了北京，然后去了纽约，之后又回到北京，但其实我大部分关系好的朋友都在上海，或者环沪这一带。当时为了让自己有很私人的空间才决定回上海。当然也有商业上的原因，心理这个市场在上海还是要更成熟一些。

(Q) 在上海会不会有一些特别喜欢去的地方？

(A) 武康路、安福路、愚园路、长乐路、新乐路⋯⋯

(Q) 平时用手机多吗？常使用哪些app？

(A) 不多，我有点像把手机当邮箱用，消息集中时间处理。会打游戏和刷豆瓣，小红书偶尔也会刷一下。

(Q) 对你来说什么是好的生活？

(A) 首先要有寄情之处，你得有所热爱，这个很重要。同时因为干这件事情，你可以过上一个还算不错的生活，不一定是奢侈的生活，但不会为基础衣食住行担忧。简单来说，你的小孩上不起私立学校，那可以不上私立去上公立，但不会过得紧巴巴的。另外就是好朋友要一直在一起，以及和伴侣之间有一个非常好的关系，大概就是这样。

#FUTURE
关于未来与价值观

1 相当自洽的钱庄，对人生的最终憧
憬是向真理靠近。

2 公司标语。

3 Practice In City（城市修行空间）
的蓝色沙发。

4 员工的人生OKR目标，公司也会每
隔两个月举行OKR大会。

2

3

(Q) 想要如何度过接下来的人生? 想过什么时候退休吗?

(A) 我想靠近真理,其实每个人活在这个世界上,都是有一个有限的时间去理解世界的,每个人看到的所谓的真理都是片面性的。但是,我会希望我接下来的人生都用来向最本质的、唯一的真理靠近。我也相信人类的意识是可以进化的。

如果再过10年,20年,公司能够做到,比如说我可以完全放心交给其他人来做的程度,有很大概率我会再去读一个哲学的博士。

但我没有考虑过退休这个问题。从心理学及精神分析学理论来说,人的老年期其实是一个创造力爆发的时期。到了老年期,人的社会身份会逐渐卸掉,不再是企业员工了,甚至不再是小孩家长了,身份会回归个人。在这个阶段,你也有了足够多的见解与经验,所以说老年期是一个创造力极强的阶段,那我肯定还是希望,那个时候我也会有所探索、有所创造。

(Q) 目前有没有一个阶段性的目标?

(A) 先把公司做到10亿人民币估值。

(Q) 如何看待"成功"?

(A) 成功肯定是属于少数人的,它是一个基于社会比较的概念,和他人相关。我们还算不上,目前还是一家初创公司。无论从哪个层面来说我也不成功,学术、工作、财富、家庭教养方面都有的是比我成功的人。

真理和成功也是完全不相关的,成功也不是我要追求的,我更在意的是我有多少潜能,以及我能实现多少,不是别人眼里我成不成功。

1

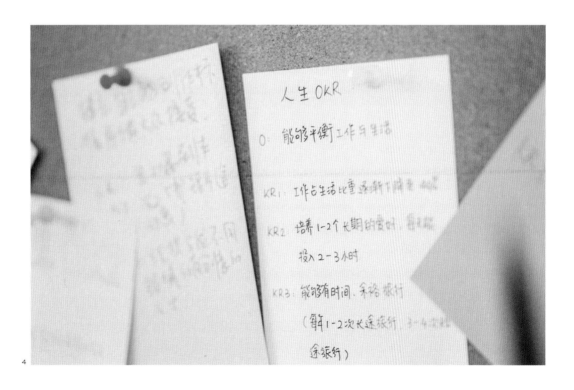

4

#READING 关于
阅读

(Q) 请推荐一些书籍。

(A) 我一直觉得书籍的推荐是件挺不现实的事，每个人的阅读基础不一样，适合你的书不一定适合别人。我的阅读习惯是以兴趣而非实用性为导向，喜欢卡尔维诺、福柯、海明威，喜欢安德烈·塔可夫斯基的《雕刻时光》和村上春树的长篇。

特别喜欢卡尔维诺的《看不见的城市》，它的结构很精巧，是一个迷宫体，就是它的搭建有多个入口和出口，你可以从任何一个入口进去，从任何一个出口出来。而且他的写作过程是，搞一个文件夹，接着把一段时间里想到的词或句子分类装到这个文件夹里，然后用其中的素材去完成这本书，很有趣。

心理学、社会学和女性主义的书也看得很多，比如阿历克西·德·托克维尔的《论美国的民主》；比如劳伦·贝兰特的《残酷的乐观》（Lauren Berlant, *Cruel Optimism*），我觉得写得很有洞见，但目前没有出中文版本。

(END)

如果你也想靠文字养活自己，
you will be inspired。

安东尼

作家、厨师、花艺师。出版散文集《陪安东尼度过漫长岁月》系列、绘本《这些都是你给我的爱》、漫画《二人饭店》、生活美食图文集《方长》，另译作有法国作家安东尼·德·圣·埃克苏佩里的中篇小说《小王子》。

万分之一种生活

（生活方式作家）的日常

❶ 职业和兴趣并不是非此即彼的对立关系，事业可以是喜欢的事，这不矛盾。

❷ 大学时期不清楚自己的职业方向并不可怕，可以尝试，可以选择，人生道路是靠自己摸索出来的。

❸ "把生活过好"本身就是一种生活态度。

安东尼在意大利罗马波格赛公园，这是一座自然主义的英式庭园，位于罗马东北边缘，收藏有提香、拉斐尔和卡拉瓦乔的经典艺术品。

（09）
小王子的
玫瑰园笔记

采访&撰文　　编辑　　供图
刘念　　　　黄莉　　安东尼

Q: 在兴趣和职业之间摇摆不定时
如何做选择？

:A

（" 对喜欢的东西笃定，
愿意为它放弃稳定收入，）
也可以有很好的结果。"

"今天起来之后洗了衣服，组装了送过来的家具，下午有两个朋友带小孩来做客。因为午饭吃了很久也很饱，就没有吃晚饭。晚上有另一个朋友开车过来，我们绕着公园走了几圈。现在在一个杂志有固定的专栏，今天把专栏也写完了。"

安东尼从上海回到墨尔本，搬了新家，跟朋友经营插花教室，周末教插花课。安东尼在墨尔本的家里仔细讲述刚刚过去的一天，时间已近午夜——我们的采访正在占用他一天里最放松和享受的时刻：上床睡觉。

自然而然，心之向往

刚到澳洲留学时，安东尼念的是金融专业，没多久他就发现很多在澳洲读书的华人都在学金融相关专业，但对毕业之后到底要做什么，安东尼并没有清晰的概念，而且要和那么多人竞争同一个工作，也不知道能干什么。关键是，他并不喜欢当时的专业。

起初那段寂寞的日子，安东尼会写博客，记录日常生活和遇见的人和事。"不二"就是当时安东尼想象出来、存在脑海里的形象，也是一个倾诉对象，陪伴他度过了那段时光。"后来在网上看到Echo画的一只兔子，就叫安东尼，觉得很符合我心中'不二'的形象，就联系她开始合作。"很多读者最初认识和熟悉安东尼，也是从《陪安东尼度过漫长岁月》和兔子"不二"开始的。

那时候去过很多餐厅，安东尼注意到忙碌的厨师，并开始观察他们，觉得这样的工作好像看起来"很帅"，职业内容也非常清晰——"如果做厨师的话，至少知道到底要做什么，而且无论如何都会有一份工作"。来到澳洲之后，安东尼看到了很多不一样的生活，也触及更多可能。后来安东尼转到维多利亚大学学习酒店管理，还辅修了法餐和意餐。毕业后安东尼做过两年厨师，那是他至今唯一一个需要按时按点规律上下班的工作。

从写博客出书到做厨师，安东尼似乎从一开始就在做喜欢的事，不同阶段的探索和变化，自然而然就发生了。"我的性格是想到什么就去做，不会有太多纠结，所以好像也没什么困惑。"

当下不少年轻人在兴趣和职业之间摇摆，犹豫两者如何取舍。安东尼认为事业完全可以是喜欢的东西，两件事并不矛盾。如果可以两全其美自然很好，如果不能，或许就需要考虑喜欢的东西是否能支撑自己走下去。"这些决定其实是很简单的。你对喜欢的东西笃定，愿意为它放弃稳定收入，也可以有很好的结果。但如果你还不确定，与其摇摆，那不如找个有保障的工作。"

他举了个形象的例子：好比喜欢一个人，想跟他/她交往、在一起，你心里一定是有数的，也知道那个答案。所以无论是人还是事情，如果是真的喜欢，其实没什么好犹豫的。

右图 和朋友们一起吃饭聊天是安东尼最喜欢的事，也因为做饭，认识了形形色色的朋友。

左图 简简单单的食材也可以做出美味的
食物。

"怎么把生活变好?"

2018年,安东尼翻译了《小王子》。这个在出版至今的78年间,被翻译成超过250种语言的故事,是很多人心里的玫瑰,也是安东尼特别喜欢的书。"每次读仍然会有不同的感受,不过后来读的翻译版本好像总比小时候读过的少了些什么,怪怪的。"

他翻译的《小王子》出版后,很多读者说这是他们最喜欢的版本。这段关于面对孤独和自我、寻找与失去的爱的旅途,也交汇了安东尼自己的经历。因为《小王子》太为大家熟知了,每一版译本都会收到不同的反馈和意见,也包括负面评价。安东尼对此并不介意,对于无法改变的东西,他不太会受到困扰。读者喜欢他自然开心,如果不喜欢,他也不会感到挫败。

前一阵安东尼跟一个品牌合作推出了他参与设计的 T 恤和内裤,把他认为舒适的面料、喜欢的颜色以及样式的细节做出来,不过他并不认为能被称为"设计师":"我不觉得我是设计师,只是正好在合适的时间有了合适的机遇,就实现了一些想法,其实仍然是生活的一部分。"就像做厨师,虽然学了相关的专业,做了两三年,用他的话说"也不是正儿八经的大厨",但这些都是安东尼喜欢做的事情。不是要拯救世界,也没有必要区分界限,也就谈不上"平衡"。所有的身份标签更像外界用来量化的工具,并不能代表他不同的角色,"这些都是我"。

这跟墨尔本的特质不谋而合。作为综合指数最高的世界宜居城市之一,巴黎的艺术和美、伦敦的先锋、纽约的发达,或者爱尔兰的自然环境,都能在墨尔本找到一点踪迹,也正是这种多元,为生活在其中的人们创造了舒适的氛围。墨尔本的新家,设计装饰、安装家具等很大部分的装修都是安东尼自己做的,把家里布置成喜欢的、舒适的样子,也是他擅长的事。这跟设计内衣、做食物、插花一样,在不同领域的尝试,初衷和目的都是围绕"怎么把生活变好"。

因为工作需要,安东尼在上海时会密集地参加各种类型的品牌活动,从一个品牌到另一个品牌、一场活动到另一场活动,频繁周转其中。生活里可以顺其自然,不过工作中如果想要获得一些机会、认识一些人,就不能被动地等待它发生,而需要为此去做些什么。安东尼认为自己不擅长跟人打交道,容易尴尬,团队在这时就会为他处理。

回到墨尔本之后,就不太有类似的工作。在地理距离和心理上都脱离了那个环境,就好像隔岸观火——不在那个环境里,与之有关的开关就关掉了,不再接收那些信息。

**"我是容易满足的人，
好像想要的都得到了。"**

安东尼说话慢条斯理，对待事物的态度也总是不紧不慢，甚至显得有些懒散，这种"懒散"随着年纪和经历的增长，变成一种确信，专注在所做的事和想要的东西上。"他给人一种不费力赢很大的感觉"，安东尼的工作伙伴小茫这样形容。小茫和安东尼一起在伦敦学过插花，但她认为自己做不到安东尼那样的程度——学生最初会从模仿老师的作品开始，而安东尼在第一节课就能根据老师的示范做出完全不同的东西，"好像随心所欲地就能轻易

实现美"。

然而看起来驾轻就熟的背后，一定付出过心力。装修需要反复地打磨和刷漆，是很枯燥的过程；做饭研究食谱也需要花大量的时间和精力，这些都不是容易的事情。不过，"如果是喜欢的、让你开心的事，你就会心甘情愿去做"。

安东尼特别喜欢散步。他的新家在墨尔本的植物园旁边，有时候半夜12点钟，他会出门走5公里，走路的时候听歌或者放步行节拍，也不会想什么，是很放松的状态。

他在墨尔本的工作室有一个可以做饭

上图 安东尼的意大利罗马之旅。

的空间，安东尼每周都在那里做一次饭，邀请朋友来吃。在上海的时候，也会经常在家做饭招待朋友。每每吃完一顿，留下些盘、碗、杯、锅要刷，安东尼就会想，要不下回还是出去吃吧。可到了次日清晨，又会忍不住问朋友，"要不要来我家吃饭啊"，时间一长，便积攒了很多故事和食谱。说是食谱，倒也不如教科书上的那些精确，往往不会细致到什么时候要放几克盐，或是什么时候火候几分，更像是对一个过程的轻松记录。譬如经典的鸡蛋芦笋，做法只有5步：煮鸡蛋，将芦笋折短去皮，水中加盐煮芦笋并在3分钟后取出过一遍冰水，鸡蛋剥壳掰成两半放在芦笋上，接着便是点缀，加入少许莳萝叶和欧芹，并淋上柠檬汁和橄榄油，最后撒上少许海盐和白胡椒粉。诸如此类。

做菜真的不太需要非常昂贵的食材或是精致的仪式感，往往把特别简单的食物组合在一起，就能实现味蕾和视觉的双重满足，可以更加清晰地感知到食物在舌尖发散开来的触感。葡萄柚沙拉、烤茄子配西红柿、软心荷包蛋牛油果、派斯多意面、不需要烤箱的牛排……安东尼把它们做成了新书《方长》，分享出来。故事和食物都给人慰藉，也让这些时刻不止一期一会，也有来日方长。

Q&A

1

Q:

最近一次快乐是因为什么？

(:A

今天天气特别好，坐在海边跟朋友吃午饭。阳光照在身上，我们有一搭没一搭地聊天，那个时刻就挺好的，放松也开心。

)

#LIFESTYLE
关于
生活方式

2

3

4

(Q) 怎么描述自己的性格? 受家庭的影响大吗?

(A) 我一直都是慢性子, 年轻的时候可能会在意很多事, 但随着年纪的增长就越来越知道自己要什么。总体来说, 我是一个比较放松的人, 也容易觉得累, 所以很多时候我做事情的一个标准是不要累。个性大多是先天形成的, 家庭和教育在后天肯定也会有影响。我经常会跟家里打电话, 做了什么事、做了什么抉择, 都会跟他们说。

(Q) 最拿手的菜是什么?

(A) 我很喜欢做沙拉。很多人知道我做厨师, 都会问我最喜欢做的菜是什么, 我就说最喜欢做沙拉, 他们就好像有点失望, 可能觉得沙拉好像也没什么特别的。但沙拉就是我最喜欢做的菜, 因为沙拉可以一直变化, 有各种口味和口感可以做, 是不重复的东西, 也很健康。

(Q) 平时写作时有什么习惯? 卡壳了会怎么处理?

(A) 会先收拾家, 收拾干净之后才能坐下来写。偶尔遇到写不下去的时候, 就不写了, 也不怎么调整, 等想写的时候再写。

(Q) 在外面或旅途中有灵感的时候, 怎么记录?

(A) 大多数时候是用纸跟笔, 很少会记在手机上或录音, 就是习惯了。比如有时候在餐厅, 就会写在餐巾纸上。

(Q) 生活中被手机占用的时间多吗? 最常用的app是什么?

(A) 一阵一阵的。有时候坐在沙发上玩手机, 可以玩很久。有时候和朋友出门, 会特意不带手机。除了微信、Instagram、WhatsApp, 用得最多的是 Google 地图、Cookidoo 和 Halframe。

1 做了一束优雅得含蓄的花, 轻盈、诗意。

2 一盘刚出炉的烤鸡翅, 看着就很美味!

3)4 在墨尔本, 安东尼会经常去逛花市。

#PLAN
关于
规划

1

2

1—5　安东尼自己记录的日常。装修断断
　　续续做了一年，安装都是自己和朋
　　友一起做的，做了不少手工，累但充
　　实，值得庆祝。

3

4

(Q) 目前年收入大概能到多少？会理财吗？

(A) 百万是有的。但我不擅长做这个，身边擅长理财的朋友会教我，比如买基金、买澳洲的养老保险等一些方式。

(Q) 你的消费观念是怎么样的？如果要买特别昂贵的东西，会如何考量？

(A) 少而美。不是所有昂贵的东西都值得买，审美很重要。

(Q) 最近有什么在读的书可以推荐一下吗？

(A) 我最近在看《中国插花史研究》，之前觉得看不太进去，后来教插花就又拿起来看，觉得还是挺有趣的。

(Q) 有没有关注世界范围内的话题或事件？

(A) 有时候会看一些，但没有特别关注。尤其回到澳洲之后，觉得把自己的生活过好就很忙了，而且现在新闻很多时候都是有主导性的，我觉得大家把自己的生活过好，世界就会更好一些了。

(Q) 生活里有没有一直坚持的习惯和观念？

(A) 不要折腾，不要纠结，很多事差不多就行了。我是不怕麻烦的人，但我不喜欢为了没有意义的事去麻烦。你去做一件具体的事情，那就踏踏实实去做，做每一件事情都是有意义的。但如果你只是在纠结，那就没有什么意义。但这可能也跟性格有关，有的人可能就是想得多，我就是想得比较少，行动力强，做决定很快。

(Q) 今年的工作和生活有什么规划？

(A) 今年回到墨尔本想做一些内容。在上海生活节奏很快，参加了很多活动，回墨尔本生活节奏变了，想做一些不一样的东西。也想出新书，新的《陪安东尼度过漫长岁月》。最近入了一台德国品牌的做饭机器，有个芯片，你可以烘焙、做米饭、炒菜、做咖喱什么的，能把营养都锁在里面，没什么油烟，就是有很多可能性，今年想好好研究这个机器，看能做出什么好吃的东西。

5

#EMOTION
关于
情绪

（Q）**有压力之类的负面情绪时，会如何排解？**

（A） 吃一顿好的，跟朋友见面、喝酒，出门走一走。

（Q）**有孤单的时候吗，如何自处？**

（A） 会有，但比较少。孤单就是一种情绪，认识这种情绪就
好了。就像快乐，你知道当下是快乐的就好了，孤单和快
乐都是一样的，就是一种感受。

(END)

如果你想把打游戏变成职业，
you will be inspired。

梦泪

《王者荣耀》职业选手。归属于AG电子竞技俱乐部王者荣耀分部——成都AG超玩会。原名肖闽辉，福建厦门人，游戏ID"梦之泪伤"。2016年（17岁）开始职业生涯，同年即获KPL秋季赛亚军及最受欢迎选手奖，2017年获得KPL王者荣耀春季赛亚军，并拿下KPL年度最具人气选手奖。2018年成为首位入驻王者荣耀殿堂的选手，2019年入选福布斯30岁以下精英榜，2020年1月6日，再获王者荣耀KPL2019年度最受欢迎选手奖。

万分之一种生活

（电竞职业选手）的人生选择

❶ 经济独立对人生决策的重要性不可小觑，能养活自己，家人对你的选择才能少些干预与担忧。

❷ 天赋决定上限，努力则代表你能否把天赋发挥到极致。

❸ 电竞也是人生经验的一种，在此过程中所有的收获与快乐都是真实的、属于自己的。

梦泪目前主要工作和生活于江苏省太仓市。

(10)
顶级电竞选手的
人生赛场

采访＆撰文	编辑	摄影	妆发
刘念	**黄莉**	**Renee Chou**	**Yuri**

Q: 是如何说服父母支持自己
走电竞这条道路的？

:A

（ " 先解决了生存问题，
能靠这个养活自己。"）

　　早上10点到梦泪家的时候，他在洗漱。前一天下直播是凌晨1点，看了会儿视频，直到2点多才入睡。"最近没有特别忙，感觉有点安逸。"梦泪养了一只猫，有点怕生，对我们的到来保持警觉。

　　梦泪的体重几年来都没有什么变化，最近因为调整作息长了6斤，但看起来仍然非常瘦削。过去很长一段时间，梦泪的生活都不太规律：睡到中午起床，之后也不怎么吃东西，玩一会儿手机再继续睡觉，直到黄昏时再起，吃过晚餐后就开始准备6点的直播，晚点再吃顿夜宵，整个人精神状态不算很好。

　　体重的变化也反映了他的生活作息和精神压力。虽然意识到了这样可能会导致一些健康问题，不过因为晕血，一直没有去体检，"但其实还是得去检查一下"。对于压力，梦泪觉得需要有这种压迫感、紧张感，年轻的时候活得太安逸，并不是好事。

　　这段时间起得早了一些，但梦泪感觉也没有做什么特别的事，除了手机好像还是手机。《王者荣耀》这个游戏很奇怪，很容易玩着玩着几个小时就过去了。进入职业领域已经5年，但梦泪不觉得腻，甚至如果一天不碰游戏就没有安全感，会产生"不务正业"的感觉。有时候工作需要去外地参加活动，直播只能请假。酒店的网络一般满足不了梦泪玩游戏的要求，只能憋着。"但一两天不玩就很空，像上课旷课、上班旷工一样。"

　　梦泪从上海搬到太仓两年，住在城市中心的小区。从高层的阳台望出去，是大同小异的住宅楼和绿化规整的街道，整座城市显得很清静。但梦泪认为对于职业选手来说，这里比上海更合适。太仓不大，生活也比较简单，没那么多活动，能更专心一点。

右图 他养的猫咪只和他亲近。

左图 现在梦泪很少有时间回家。

"饿不死的话，想做什么都可以。"

《王者荣耀》是由腾讯研发，于2015年上线的移动端多人竞技在线游戏，2017年就夺得全球手游综合营收榜冠军。2016年《王者荣耀》启动职业联赛，梦泪是第一批打比赛的职业选手。"梦之泪伤"是他在《王者荣耀》里的账号ID。其实高中刚买手机时，他就用这个名字注册了QQ。"我记得那时候可兴奋了，因为所有人都有QQ，但我没有电脑也没有手机，所以一拿到手机就赶紧注册了QQ，特别开心。"成为职业选手后，无论业内还是粉丝，都用"梦泪"称呼他，不太再有人叫肖闽辉这个名字。

梦泪17岁就暂停了学业，加入当时在成都的AG超玩会战队，成为职业选手。"当时没有想太多，没想到自己会成为职业选手，也没想到电竞会发展得这么好，就是单纯地喜欢玩这个游戏。"整个过程到现在还让他感到有点"莫名其妙"。梦泪从小是老实听话的孩子，当时亲戚朋友都挺反对，以为他被骗到了什么传销组织。反而是父母给予的理解和信任，促成了这个决定。"跟我爸妈聊了几个小时，他们还是很理智的，也比较相信我，就说，你想做什么就去吧。挺支持的。"

我们到他常来的餐厅吃豆捞火锅，期间他跟家人打了很久的电话。因为工作关系，梦泪现在很少回家，会常跟父母通话。梦泪是福建人，但特别爱吃辣，点了麻辣的锅底，也爱吃海鲜。

"好在他们的观念没有很陈旧，但其实如果他们不同意，我也会去做。"梦泪认为父母当时没有反对，有个很重要的原因是他当时能挣钱了，能够负担自己的生活，因为即使是喜欢的事，如果不能先解决自己的生存问题，也很难说服父母。"我是这么觉得，但我也没问他们。"梦泪很早就意识到了经济独立对自己人生决策的重要性："那是相当关键，因为主导权在你自己身上，你饿不死的话，想做什么都可以。年轻嘛，青春就是用来拼的。"

右图 梦泪没有想太多，只想就这么一直认真打下去。

"喜欢是前提，多练是基础，天赋决定上限。"

新兴行业的极速发展也直接导致了从业者的急剧增长，游戏从业者已逾千万，竞争也更加激烈。除了职业选手，还衍生出游戏解说、主播、视频作者及教练等关联职业。当然，想取得成就没有想象中那么简单，无论哪个职业，能够做到顶尖的人都少之又少。

另一方面，因为行业的特殊性质，大众对此依然存在一些误解和偏见。很大程度上也是因为大部分玩家和选手都非常年轻。"电竞还是游戏嘛，尤其是上 辈的人对游戏可能会有一些抵触，还是不太了解这个行业。"

复旦大学曾经邀请梦泪去做演讲，聊一聊关于电竞的发展，以及是不是每个人都适合从事这个行业等一系列相关话题。自然，并非仅靠喜欢就能成为职业选手，但"喜欢"是梦泪不断强调的先决条件——本身已经有太多反对的声音了，不足够喜欢不可能会选择走上这条道路。但对梦泪来说，天赋其实更重要。比如一些新的英雄，因为是5V5对抗的游戏，把对方水晶推倒就赢了。五个人每个人选一个英雄，英雄可能有上百个，天赋体现在选手适应英雄的速度有多快，练一个英雄有多快，会决定发展的上限。

在电竞行业，一家俱乐部对于职业选手的发展至关重要。要参加职业联赛，必须要归属一家俱乐部，有了"席位"才能参赛，而几千万的席位费用并不是普通人能够负担的。梦泪的职业生涯，一直都在成都AG超玩会，平时工作也是俱乐部在打理。他是一个特别谦逊又懂得感恩的人，数次对我们说他觉得AG就是最好的，因为老板好。"菲姐"，这是他们对AG超玩会俱乐部老板的称呼。在梦泪眼里，菲姐有底线，不只是商人。梦泪目睹了不少选手在转会过程中显得特别被动，商业规则等因素甚至可能会影响其职业生涯。或许正是因为同样经历过职业选手的阶段，菲姐对选手更能感同身受，AG也更讲人情。

想要成为职业选手，专业训练也是必不可少的，多练一定是基础，电竞行业像其他体育竞技项目一样，也是台上一分钟，台下十年功。对于《王者荣耀》这样的MOBA类游戏——即"多人在线战斗竞技场游戏"——来说，训练主要分为两种：一种是单人游戏，养成"英雄"熟练度和相关技能（普通爱好者在单人打英雄的时候可能会注重输赢，而职业选手的目的是精进熟练程度，在比赛时能把自己的英雄角色水平发挥到80%）；另一种是磨合团队，培养和队员们的契合程度。

以前在俱乐部的时候，训练、打比赛都是跟队友生活在一起，梦泪回忆曾经参赛的日子，如果打得不好，就去吃被他们叫作"沙县大酒店"的沙县小吃，如果打得好赢了，就吃顿海底捞。因为几乎每天生活在一起，比起学校，俱乐部里大家的关系更亲密。"就算有些队员离开了，很多人后来还是会回来。无论工作人员还是选手，去了别的地方，也不会有人说AG不好。"对梦泪来说，AG很重要，如果没有这一环，可以说也就不会有后来的他。

从打职业联赛开始，梦泪连续几届都是"最受欢迎选手"，直播后，粉丝数量和热度也几乎一直维持在平台最高的那个范围。2019年，还入选了福布斯30岁以下名人精英榜。梦泪并没有沉浸在这些成就和肯定中。"我没有想到，那时候出名了我也不知道，就一直这么打下去，没有想太多。我是走一步看一步的人，可能没有那种未雨绸缪的想法。我觉得自己也没那么好，挺普通的。总而言之，很感谢大家。"

"快乐还是自己的。"

梦泪现在一年的收入大约在7位数，但他还是保有原来朴素的消费习惯，物欲比较低。成为职业选手之前，他也做过一些类似发传单、服务员一类的兼职，比起这些工作，他觉得电竞还相对轻松一些。实际上，梦泪现在的生活几乎全被电竞占据 —— 每天都有直播，虽然也可以请假，但每个月不会休息超过三天。梦泪上一次放下游戏去别的城市旅游，还是在加入俱乐部打职业比赛之前，到厦门玩了一个星期。也是在那个时候，梦泪第一次遇到现在的妻子。

成为职业选手之前还在上学的时候，梦泪做过一段时间代练，从早打到晚，结束时常常已经凌晨两三点了。"她是个游戏主播，业余的，玩得很惨，我刷了礼物就走了。过了几天我又去，又给她刷了礼物，她又被打得很惨。我就说我带你吧。因为我刷了礼物，她可能也不好意思拒绝，我就带她打，一直赢，就这样认识了。"梦泪那时没谈过恋爱，单纯得有些木讷，连对方送他巧克力都不知道是什么含义，甚至在刚见面时，因为觉得她长得太好看了，梦泪有点不敢看她。直到厦门之旅结束时，对方主动亲了他，才算是确定了关系。

眼前这个男孩今年24岁，是很多同龄人刚刚进入职业生涯，或者仍在求学的年纪。但交谈中梦泪数次提及自己"老了"，在电竞行业，现今年满16岁就能成为职业选手，年

龄已然开始成为各大俱乐部、行业内不同阶段和身份的分界。

梦泪喜欢看电影和电视剧，喜欢看青春校园剧和悬疑片，虽然很少有时间能去影院，但每次都会享受那种沉浸和代入感："什么都不用想，很有意思，感觉像活了另一辈子，有另一个人的人生一样。虽然就一两个小时，但感觉很有收获。"

这些年的职业生涯，对于梦泪也像体验了不一样的人生。"如果没有走电竞这条路，我可能就普普通通生活一辈子。有可能去外面打工，每个月几千块，陪陪家人这样。但我觉得普普通通也挺好。不管月入三四千还是三四万，只是享受到的不一样吧。快乐还是自己的。我觉得，就算赚再少，也有快乐。"

Q&A

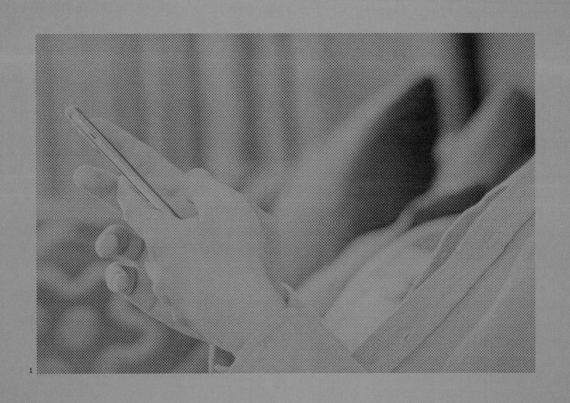

1

Q:

职业选手是只玩这一个游戏吗,
还是也会玩别的游戏?

(

:A

一般来说,职业选手最好不要经常
去玩其他游戏,因为专注力也是提高
或者保持自身竞技水平比较重要的
一点。

)

#WORK
关于工作

2

3

(Q) 你认为像《王者荣耀》这样的游戏，吸引玩家的到底是什么？

(A) 算一种成就感吧。因为每个人都需要鼓励嘛，都有虚荣心；游戏的话，是比较能直接带给你成就感的。另外一个是满足好奇心，比如我父母他们小时候没有这个东西，现在也不会感兴趣，但我小时候觉得这个很新鲜，就会想要去接触。

(Q) 你觉得现在的电竞行业处在一个什么阶段？

(A) 应该算发展中期，还没有到鼎盛，我是这么理解的，年轻的职业选手还在成长中。

(Q) 在俱乐部的时候，通常每天会训练多久？

(A) 除了吃饭、睡觉，就是《王者荣耀》。一开始就是这样，那时候也特别喜欢玩，特别喜欢研究。

(Q) 直播每天都会从晚上6点播到12点吗？

(A) 也可以多播，可以播8个小时。我一般打5~6个小时游戏，快结束的时候偶尔打打斗地主，开心一下，也是和粉丝之间的一种互动。

(Q) 现在没有打比赛有什么原因？

(A) 打职业电竞这行不太一样，虽说也会偶尔想到自己的状态还能不能打，但更多的时候还是觉得比如年龄啊一些方面已经比较勉强了，如果不能以一个让自己满意的状态和水平去打，对俱乐部和队友也有点不负责任，不同阶段还是应该有不同的安排吧。

(Q) 能想象以后有一天你真的不打游戏了吗？

(A) 很难想象，我觉得我应该会一直走电竞这条路。因为可能后面老了，做不了选手了，就转幕后，当教练也行。

1 手机不离身。

2 打游戏时非常专注。

3 直播设备。

4 正在直播中的梦泪，现在基本每天会直播6~8小时。

165

#LIFESTYLE
关于
生活方式

1 选择太仓生活，是因为这里远离欲望，
　比原来居住的上海更能让他专注。

　　2 整日打游戏，有时梦泪也会感到疲惫。

(Q) 什么时候会感到孤独?

(A) 我一般就是直播不顺利的时候,有点会跟自己生闷气,但其实这种情绪又没办法去跟谁说明白,就会觉得有点孤独吧。

(Q) 有这样一些情绪的时候,会如何排解?

(A) 真的很累的时候,就请一天假。第一天没碰游戏有点担心,第二天就多玩,就这样。

(Q) 对自己目前的状态感到满意吗,觉得快乐吗?

(A) 还行。我其实挺想去旅游的,和妻子一起过一下比较享受的生活,想看风景,吃好吃的。

(Q) 手机里最常使用的app是什么?

(A) 《王者荣耀》,因为它耗电量占了70%。还有就是一些直播平台,我也会看别人打游戏或是直播,学习一下。会用腾讯视频看一些国漫什么的,国漫最近挺不错。

(Q) 你是一个擅长规划、分配收入的人吗?

(A) 我不是,我想,但我不擅长。会参考我老板的意见,她是个特别好的人,我很相信她。

(Q) 你现在24岁,仍然非常年轻,对将来有什么愿景和规划吗?

(A) 想一直把电竞做下去,用自己的一点力量让更多人感受到电竞的魅力,也想去挑战一些没做过的事情吧,比较喜欢这种挑战的感觉。

(Q) 在学业上有进修的想法吗?

(A) 之前都在花时间提高游戏水平,体验得比较少。

(Q) 但如果去上学,就肯定不能每天打游戏了,你能接受吗?

(A) 不知道,一下子应该接受不了,可能需要一个缓慢的过程。

(Q) 有没有特别欣赏的人？

(A) 我们老板菲姐。她能力很强，白手起家十几年了。口才很好，特别能说，无论什么场合，也不用准备什么，上来就能说，挺厉害的。她想的东西比我长远，格局也大。对员工也特别好，特别是对选手，因为她知道选手一路是怎么走过来的，我觉得这一点真的是太可贵了。老板作为一个商人，也得赚钱，但首先她不会让选手过得很惨，要不就一起吃苦，要不就一起赚钱，她保护选手保护得很好，无论公关或者其他方面都做得很好。这么多年，AG 俱乐部和队员也都没出过很大的事。

(Q) 最近有电影、电视剧，或者书可以推荐吗？

(A) 《斗罗大陆》挺好的，因为小说我也看了。我老板说，"你有空看看《羊皮卷》"，我就买了，但一直放在那里积灰，还没看。

(Q) 以后理想的生活是什么样的？

(A) 比较现实的一点，希望财富自由。然后希望去玩、去旅游，我真的挺喜欢旅游的，但是可能得再过几年之后。

(END)

如果你好奇年轻的慈善家在做什么，
you will be inspired。

石渡丹尔

关爱自闭症项目"天使知音沙龙"负责人。曹鹏音乐中心理事，复旦大学新闻系毕业后投身慈善事业至今。"天使知音沙龙"下设文化课教学分支"爱课堂"，自闭症儿童职业实践基地"爱咖啡"，是上海唯一一家全免费的自闭症慈善机构。

万分之一种生活

（非营利机构负责人）的公益之路

❶ 自闭症儿童是特殊人群，但我们应该把他们当作普通人，让他们变成普通人。

❷ 必须赶在他们的人生时间线之前，以50岁甚至更老的终局来规划，因为他们等得到，他们的父母等不到。

❸ 中国要有自己的特殊教育教材和课程体系，任何欧美的教育模式都无法直接套用。

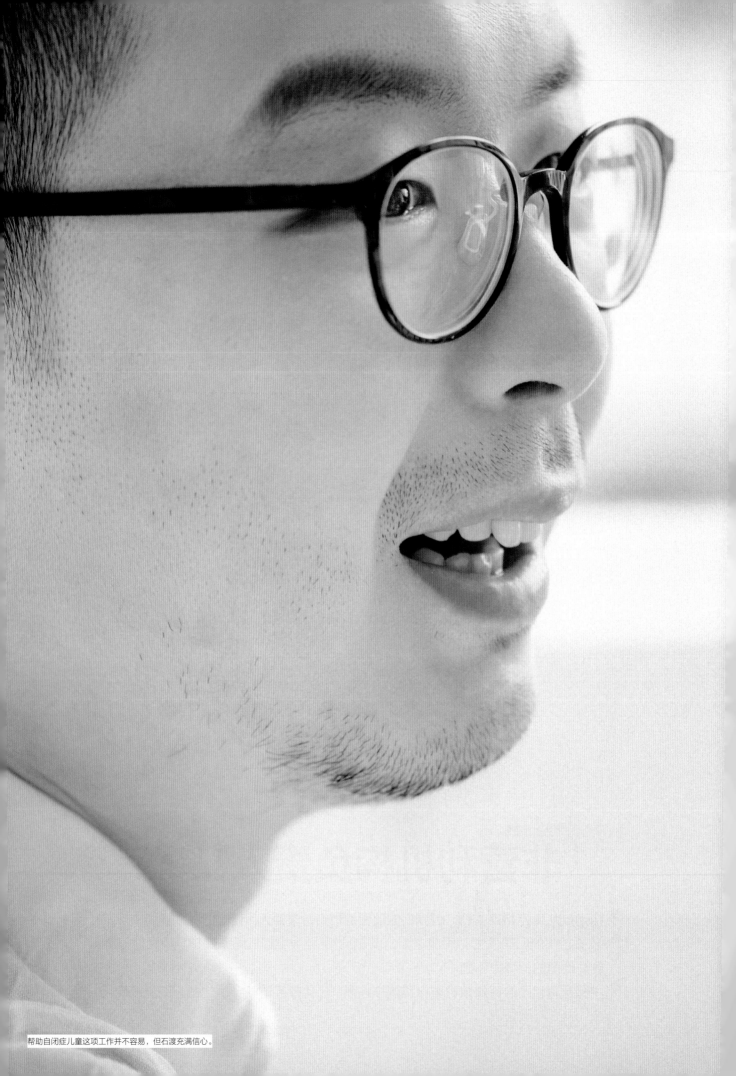

帮助自闭症儿童这项工作并不容易，但石渡充满信心。

（11　　）
和自闭症
远征的
90后慈善家

采访&撰文	编辑	摄影	妆发
Carrie	马云洁	李亚	Yuri

Q: 该怎么做才能帮到特殊人群?

:A

(“把他们当成普通人，
让他们变成普通人。”)

左图 目前，不管国内还是国外，自闭症的筛查、医疗方法整体都处在比较低的水平。谈及这些孩子的教育问题时，石渡说登记在上海教育体系中的只有808人，更多的孩子或在民营机构，或待在家里，也有部分隐藏在正常人当中。

“你喜不喜欢上学?”

对面没有回答，而是一脸冷漠地看着镜头。

“来，看着丹尼尔哥哥说，你喜不喜欢上学?”

同样的问题，再一次重复。

“我爱上学！”镜头前的小男孩大声吼道，不太会控制声音大小的他，回应得有些笨拙，也有些歇斯底里。

镜头又对准了第二个、第三个、第四个男孩……直到班上所有的孩子都出镜了，问题依旧是那一个。

“你喜不喜欢上学?”

这些孩子都是自闭症儿童，他们眼前的这位“丹尼尔哥哥”叫石渡丹尔，是自闭症公益项目“天使知音沙龙”的负责人。

自闭症又叫孤独症，从患病概率上来说，男孩大于女孩。患有自闭症的孩子从小就回避和他人的目光接触，叫他往往都没有反应，对同龄的孩子没有玩耍和交往的兴趣，连对父母也不会产生依恋。他们学东西很慢，简单的穿衣服要教上很多遍，生活上很难自理，似乎永远都需要有人照顾。他们也很难接受变化，常常出门一定要走同一条路，一旦遇到不顺心的事或突然的变化，情绪反应会有些极端，轻则大吼大叫，重则伤害自己、伤害父母。

令人心酸的是，自闭症是一种绝症。

令家长害怕的是，万一自己过世了，谁来照顾孩子?

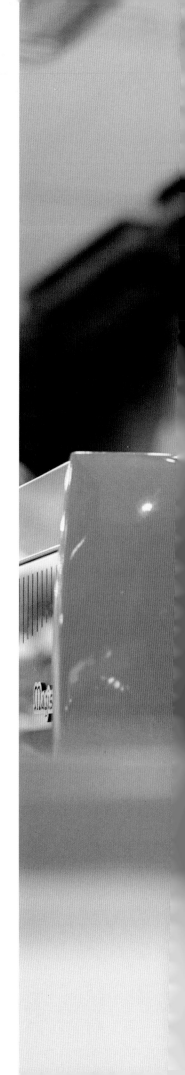

右图 正在"爱咖啡"工作的孩子，他正在
努力制作客人们点的饮料。

他们要先学会融入社会

每周一到周五，孩子们要在天使知音沙龙"爱课堂"学习语文、数学、外语和表达课程，上课的内容都是他们在实际生活中可能会用到的基础知识。比如去菜场里面买菜，他们并不知道找钱这个动作，于是在语文课上学习什么是找钱、为什么要找钱，在数学课上学习付钱要付多少、找零要找多少，或者加多少钱找零更方便。这些知识让他们走出教室以后可以更好地融入社会。这还不够，他们还需要学会怎么自食其力，每周三他们学习烹饪、咖啡制作、编程课等。随后，有些孩子在自闭症实践基地"爱咖啡"里实操，学习怎么"上班"。在"爱咖啡"里，他们的工作职责是为志愿者扮演的客人点单、做咖啡，接受习难，陪"客人"聊天，锻炼自己和普通人交流的能力。"下班"后，他们和志愿者围成一桌，写日记、自评，听志愿者评价今天的服务。他们需要和时间比赛，在自己和父母还年轻的时候，学会普通人轻易就能学会的技能、道理。

他们可以演奏出
正常人都很难学会的曲子

自闭症的孩子在艺术上的领悟力似乎比正常人更强，这里的每一个孩子都会乐器。当我们走进"爱咖啡"的空间时，传来的钢琴声是自闭症孩子在演奏理查德·克莱德曼的《秋日的私语》。曲子不如原版那么流畅，但是每一个重音和停顿，都带有自己的个性与生命力。石渡说这里的孩子可以学会正常人很难学会的曲子，有的人能力比专业乐手更强，甚至可以考进日本的大学并主修长号，组乐队去世界各地演出。

做公益太简单，也太难了

沙龙的老师们都大有来头，在外授课价格不菲。教音乐的是交响乐团的退休老师、老校长，教画画的是画家，教语文的老师来自戏剧学院，教英语的是精通中文的外教。在这里，他们被孩子和石渡所感动，提出的授课费远远低于正常报价。除了老师，还有6000余人的志愿者团队想要用自己的力量帮助这些孩子。看上去做公益好像没有想象中难。然而市面上形形色色的自闭症康复机构、辅读学校层出不穷，不少机构价格高昂，天使知音沙龙是其中唯一一家完全免费的，日常的运营全靠政府和各种单位资助，全职投入在这份工作中的只有石渡和母亲二人。

师资有了，为了维持沙龙的运转，石渡还需要拉动各种资源。"爱课堂"上课需要场地，他去谈，最后谈下来市中心免费的场地。"爱咖啡"需要咖啡豆和牛奶，他去谈，最后谈下来免费的食材。孩子们学音乐需要乐器，他去谈，最后大几万的乐器免费使用。这些所谓的资源可以谈下来，石渡说，大家都是看着"老爷子"——指

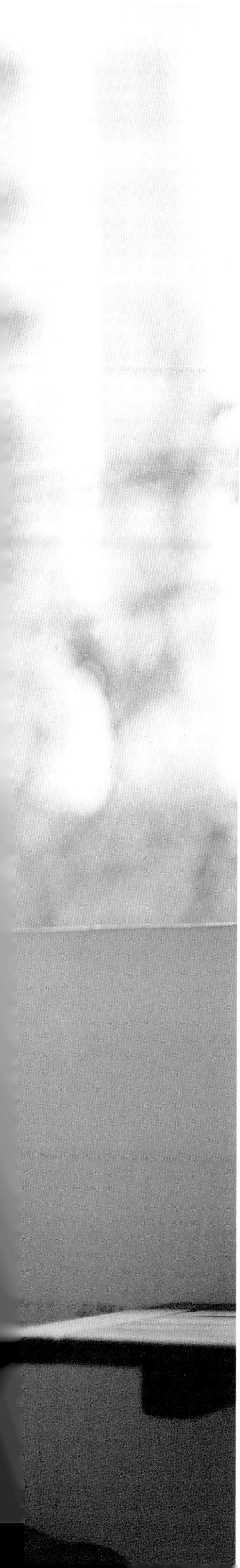

左图 在家的他话并不多，偶尔发呆，偶尔
和妻子调侃几句。

挥家曹鹏的面子，如果自己不是曹鹏的外孙，这件事也可以做，但基本上会难得多。免费的资助让孩子们可以安心学习，却也让石渡每周都奔波在给所有资助方汇报进度的路上，每一个人都关心自己帮助的孩子近况怎么样了。

为自闭症孩子建一所学校

为了了解和帮助自闭症孩子，石渡做过各种功课，他了解到国内目前流行"ADA行为疗法"，即通过老师抛问题给指令、孩子做动作、老师给反馈，来完成对于自闭症儿童的技能训练，但这种教学方式在北美已经被渐渐淘汰。石渡也请教过耶鲁、哈佛大学的教授，教授们指出欧美和亚洲的体系太不同，无法直接套用欧美的教育模式，中国应该有属于自己的教材和课程体系。这也让石渡和母亲萌生了为自闭症孩子建一所学校的想法。

现在石渡和母亲正在呼吁设立自闭症儿童的专属学校，而未来他也想逐步打造以自闭症家庭为主的社区。为此他学习各种法律条款，奔波于各大机构，采访的时候正值"世界自闭症日"前夕，石渡也想趁这个日子，再帮自闭症学校的计划做更多发声，他举着相机问孩子们喜不喜欢上学、想在哪里上学，孩子们的回答并没有经过彩排，却出奇统一："我爱上学！我想上曹老师（石渡丹尔的母亲曹小夏）的学校！"在拍摄的尾声，所有孩子聚在一起，不太利索地边唱边跳："谢谢你，感谢有你，世界更美丽……"

选择一件可以做一辈子的事

石渡丹尔今年31岁，大学在复旦主修新闻。和想象中慈善家大多人到中年不同，他一毕业就决定投身自闭症项目，并且把它当成一辈子的事业。会从事现在的工作，和家庭环境有着很大的关系。石渡出身音乐世家，外公是著名指挥家曹鹏，成立了包括上海城市交响乐团、上海学生交响乐团在内的大大小小6个乐团，母亲曹小

夏负责打理乐团相关的日常事务，石渡本人则从小学习钢琴、小提琴和长笛，大学期间以"记者"的身份帮忙记录音乐会的台前幕后。偶尔有一天，曹小夏了解到音乐对于自闭症儿童的治疗有帮助，一方面得益于整个家庭在音乐上的天然优势，另一方面考虑到自闭症治疗是一辈子的事情，不管什么时候开始，都可以持续地、永远地做下去，就决定试一试，希望可以帮助这些孩子。2008 年，"天使知音沙龙"在家庭会议全票通过并成立，这里的孩子最小六七岁，最大的现在已经三十岁。通过音乐疗法、器乐学习，孩子们打开五感，接触到了新的世界，症状也逐渐改善，一点点变得更像普通人。

这条路上，永远不放弃

从大学做志愿者开始，到现在成为负责人，他已经陪伴孩子们走了十多年。

石渡早在初中时就认定自己未来要做记者，到各地拍摄，永远冲在第一线。大学的新闻专业学习既为他打下了良好的基础，也从某种程度上为他铺好了退路，随时随地都可以重新杀进媒体行业，冲锋陷阵。但问到他会不会放弃自闭症事业时，他却说："永远不放弃，从没想过放弃。"在和孩子们交往的过程中碰到过很多情况，他想的不是放弃而是怎么完成它，从小到大，遇到困难内心默念"没关系一定能解决"，这样的态度，陪伴他一路走到现在。

上图 聊天过程中，石渡点起了香薰蜡烛，
放松下来的他显得有些闲散。

也是从大一开始，他举起相机，记录着自闭症孩子们的点点滴滴，虽然没有冲在"危险的前方"，默默地也拍到现在。他也说，其实现在的生活每天都是新闻。面对这些孩子们，永远不知道下一秒会发生什么，在旁边观察记录就是记者做的事。画质从原来糊糊的480P、720P、1080P，一路攀升到现在的4K，素材经年累月堆到了30~40T。虽然素材量巨大，但如果问及哪个小朋友哪一年在做什么，石渡都能清清楚楚找出来。

问他纪录片什么时候要发表，他说，希望是在自闭症学校落成的时候，希望学校越早落地越好，这样纪录片出得也越早，但现实看来还需要5~10年。

Q&A

1

Q:

你现在的目标是什么?
老了以后想做什么呢?

(

:A

目标是开一所以自闭症孩子为主要
教学人群的学校,以及以自闭症家
庭为主的社区,包括医院、养老院、
幼儿园、住宿、自救中心、商场等
一体化的配套设施。达成后就去完
成自己一直以来的退休梦想,到乡
下去种地,过桃花源生活,安安静
静享受余生。

)

#WORK
关于工作

2

3

4

5

(Q) 每天的行程是什么样的?

(A) 会比较混乱,有点预约制。比如说今天有谁来看我,就预约在这边或者其他地方。平时一般早上会去学校看上课,下午跟进项目情况,晚上开会(或者看场地+开会)。

(Q) 几点起几点睡呢?

(A) 8点起床或者更早,最早3:30也有过,比如去外地坐7点飞机,或者是有6点的火车。上午没事就会到10点再起床。通常都在凌晨1点后睡,大概是凌晨3点左右,累一点的话无论下午几点回去都直接睡,一直睡到自然醒,或者闹钟响了,再起来吃饭。

(Q) 请形容一下工作时的状态。

(A) 工作时一般都是监测和观察居多,开会的话会进行记录和思考。不在活动现场的话,一般都会在家里的电脑上。

(Q) 会如何进入工作和休息状态?

(A) 工作前会倒上一杯饮料,冬天热饮,夏季冷饮。晚上偶尔会喝带气泡的饮料来刺激自己。休息一定是睡在床上或者沙发上,不会有躺以外的休息方式。

(Q) 你为什么可以如此坚定地在30岁的年纪做慈善事业?

(A) 当时毕业的时候有三个选择,一个是和自己的朋友做工作室,另一个是在复旦校友会做网页,还有就是做这个自闭症项目。我为什么选这个,一个是我看到了它的长远性,这个事情我可以做一辈子,别的事情我可以随时切换。还有就是看到我外公和母亲在这边步履不停地做,觉得他们也很累,然后自己对这个也比较熟悉了,可以帮他们,同时自己也比较喜欢,所以到最后还是选择了这个。

(Q) 你希望这条道路上有人加入你吗?

(A) 希望能挖掘更多志同道合的朋友加入行列,这是一个看上去很简单,却无论做什么都非常困难甚至屡屡碰壁的事情。

(Q) 外公曹鹏在音乐上的成就非常突出,包括家里也是音乐世家,对于你最后没有从事音乐方面的工作,外公会有什么想法吗?

(A) 其实音乐方面我一直觉得挺抱歉的,因为我外公一直希望我能做一个指挥,我一直跟他说我对音乐没有那么热爱,但是我是喜欢的。现在音乐的部分,更多是他们在排练的时候去听哪些地方可以改进,还有谁吹的有问题,怎么做一些细节上的调配。包括在选曲目的时候,实际上我们都是一家人坐在那边一起讨论决定,包括这个曲目排序,选中国的还是外国的。我生活中还是和音乐很相关的。

1 家中的摄影集。

2 石渡陪孩子们上舞蹈课,性急起来也会亲自指导他们。

3 "爱课堂"的教室安静明亮。

4 每天早上都需要用饮料叫醒自己。

5 电动滑板车是日常最主要的交通工具。

#HOME
关于家

1

(Q) **家里人和朋友怎么看待你的选择?**

(A) 因为我们全家都参与到了这个工作中，所以不可能有什么意见，我们都有共同的目标。其实很多朋友没有办法理解，我为什么在这个年龄做五六十岁的人做的事情。也会想我的经济来源是什么，靠什么支撑和支持自己的生活。但是我觉得，做的时间久了可能他们就会明白，可能他们也是年龄或者工作时间没到。

(Q) **那你的经济来源是什么?日常花钱多吗?**

(A) 这行是没有收入的，母亲给自己一些财产用于稳定的理财，生活费一般一个月只花2000元，甚至有时候水费还不到10元，也没有住宿费和路费，所以可以全身心投入公益之中。

(Q) **南阳路的家是你从小居住的地方，现在重新住回来，会觉得有什么不一样的感受吗?**

(A) 南阳路我是从出生就住在这边，大概11岁离开。现在无论是自己家还是街道，变化都非常非常大，以前那个时候南阳路其实是非常安静的，几乎没有什么吵吵闹闹。现在是自己住，但很小的时候家里面格局不是这样的，当时是我们5个人一起，所以充满了回忆。现在自己在家还是能回忆起当时的一些场景。包括在走廊、过道、楼梯，喊邻居啊这样的一些画面，就像没有搬出去过一样。

(Q) **通常在家是什么样的状态?**

(A) 更偏向于放松。不像在外面会一直要跟人家打交道。在家里面最好就是电脑关掉，手机也关掉，横躺在各处休息。我家其实一直是感觉像一个保护所一样的地方。

(Q) **在阳台上会做什么?**

(A) 天气好的话，会坐在这边吃饭，有时看看书或者工作。也在这边烧过火锅，烤过肉。

(Q) **你的朋友们会喜欢来你家吗?**

(A) 偶尔自己同寝室友，或者初中同学、小学同学会过来。大家都会聊一些近况，回忆一些小时候的事情。我们发现长大以后确实不太一样，包括做的一些工作，特别是我自己。

1 石渡的家在上海一栋老房子里。

2 家中阳台上的风铃。

3)4 空闲的时候石渡常在阳台上观察上
海的变化。

(Q) **有什么兴趣爱好吗？**

(A) 喜欢拍拍照，看看艺术展。以前还会经常去玩飞盘，自己也是上海第一批玩飞盘的大学生，但现在因为身体原因已经没办法去了。晚上下班走回家的时候会看到很多有趣的事情，也能一路上观察上海的变化，哪些店还活着，哪些店已经离开。

(Q) **最近有在关注什么事情吗？**

(A) 一直在关注政府特殊教育的动向，以及养老和法律上的一些政策。

(Q) **家里书很多，最近在看哪本呢？**

(A) 《三体》，是在夫人的引导下看的。其实大多数在看的是慈善法、自闭症教学相关的材料。

(Q) **既然从小学音乐，你有推荐的曲子吗？**

(A) 约翰·塞巴斯蒂安·巴赫的《布兰登堡协奏曲》。这是因为我小时候有一个习惯，就是从我外公的 CD 架上随机抽一个 CD，抽到喜欢的听了以后就去睡觉，可以一直放到早上，早上起来以后就继续听，第二天再换一张 CD。当时就是听了这么多之后发现自己最喜欢巴赫。

(Q) **在这个家里有什么你很喜欢的物件吗？这个物件又有什么故事呢？**

(A) 门口巨大的一幅画。这是我的挚友，也是我们现在沙龙画画老师的第一幅彩色作品。当时这幅画差点被他扔掉，我阻止了以后就抢救了回来，所以也是非常有意义的一幅作品。

(Q) **被炉很特别，怎么想到放在家里的？**

(A) 因为我小时候在日本生活过，每家每户都会有这样的一个暖炉。我做作业和吃饭，都在这个暖炉上面。住到这边以后也很想要一个小暖炉，冬天的时候大家都可以把脚伸在里面，拉近彼此的距离感。同时觉得谈话之间没有阻隔，也是在这张桌子上把我老婆追到了（笑）。

(Q) **能讲讲这个过程吗？**

(A) 我们之前也好久没有联系了，本来约定在外面见，后来她朋友说我家很近，我们就改约在家里。在这边聊起两个人将来想做什么，梦想和终极理想，比如说像种田这类，然后大家就聊到了一起。

3

4

1　坐在沙发上发呆的石渡。

2　淘来的摄影书。

3　差点被作者扔掉的画作。

4　非常喜欢的摄影作品，作者是来自
　　中国台湾的冯君蓝。

#SPIRIT
关于
精神世界

(Q) 有想过什么时候过上田园生活吗？

(A) 给自己定的目标是 50 岁或者更早。

(Q) 你怎么看待现在很多都市人梦想是种田，或者说是归隐到山里面？

(A) 我不知道别人，我大概是十五六岁就有这样的想法。可能跟我小时候不太喜欢吵闹的环境有关系吧。然后又觉得种田是一个，怎么说，在初中读了陶渊明的作品后，觉得这样的状态是自己希望拥有的，所以向往桃花源这种终极理想的地方。虽然说来简单，但是真正要付出行动还是蛮难的。有没有可能割舍掉城市里的这一部分，或者说自己工作的这一部分，或者说像自闭症这群人，你没有办法完全放手，还是很难去细琢磨的一件事情。

(Q) 对自闭症的小朋友说一句话吧。

(A) 我也爱你。

(END)

P188-189
来家坐坐

01 LINXIAOYU'S (HOUSE 空无一物的家)

家里"空无一物" 才能装得下更多阳光

采访（兔枚子） 编辑（吴彩旎）

　　走进林小鱼的家，第一感觉是有点空荡荡的，客厅没有沙发和电视，好像刚入住的新房一样。不过如果留意房间的各个角落，又可以看到一些非常有个人特质的物品——餐桌上随季节更换的插花、餐边柜上的茶具、阳台上的猫窝。"空无一物"并不代表不能有点缀物，在家中，林小鱼实践着精简的生活美学。

　　作为插画师和画室老师，林小鱼经常在家办公画画，她说："家里'空无一物'，才能装得下更多阳光。"她喜欢从大自然中获得创作灵感，"在家附近的小公园里，一个人在茂密的大树下踱步，周围是大片大片的绿色草坪，有黑色的鸟穿行在光影之间……目之所及都是构成这个美好世界的元素，也是这个世界最真实的部分"。阳光是每个人都能够免费享用的宝藏，林小鱼偏爱早

看上去像毛坯房一样空旷的家。家里客厅和餐厅都朝东，春天的时候日照时间比冬天长，会从早上6点晒到上午大概10点半。

上刚起床时和午后两点到四点这两段时间，天气好的时候，空荡整洁的家充盈着阳光，温柔又美好。

在决定精简居住空间之前，林小鱼曾有过很多物品，也喜爱收纳和整理。和先生一起住的小公寓里，摆放了很多收集的盲盒和玩偶，书桌、柜子、玄关里也收纳了很多闲置。"世俗欲望导致我们想要购买很多物品，但真正切实需要的其实只是少数。"在意识到这点以后，林小鱼清理了不少书籍和本子，将大部分玩偶赠送给了亲友。不过，玩具作为个人爱好并没有被完全舍弃，林小鱼重新梳理了自己的购买方式，只入手几个真正喜欢的IP。

从原本的小公寓搬入新房后，与多数人不同，林小鱼并没有添置很多新的物品，而是严格控制着物品的数量。她有自己的"购买标准"，在购物前会先考量一番，再决定是否真正需要。首先，外观要简单，材质要天然，色彩方面偏好米色、灰色、乳白色、木色等低调而高级的纯色；其次，体积不能太大，即便是冰箱这种刚需物品，也要从实际使用需求出发选择容量；购置新物件前先决定2~3个品牌，节省花在挑选上的时间；以生活实际需求为出发点，日用消耗品可以适当囤一点。物欲降低并没有减少林小鱼的生活乐趣，她会在小红书上分享插花和植物，还有喜欢的香薰蜡烛，也有了更多时间更深远地走进生活中去。

对家中"空无一物"的追求并非一时兴起，而是有一个从量变到质变的过程。早期学习绘画的经历沉淀出她简单极致的美感认知，之后在收听蒋勋先生的生活美学理念时，林小鱼也逐渐被"空"的生活理念所影响。质变发生在2019年末，林小鱼看完日剧《我的家里空无一物》，被其中女主的极简生活方式深深打动了。与旧物品的告别就如同和旧情人分手，日剧相当形象地展现了这样的感觉，也让她印象深刻。"女主要卖掉一只不再喜欢的包时，脑洞中包变成了金发帅哥，两人怀揣遗憾和不舍进行了正式告别。要处理掉心爱的物件，的确像跟一个曾经想长相厮守却已没感觉的男友分手呢。"林小鱼努力使自己的新家向"空"靠拢，她在小红书上分享自己家的照片，也认识了很多像她一样有着共同家居观念的人。

像整理物品一样，林小鱼也重新整理了自己的时间。她给自己和先生做了一个生活作息表，平时在早上6点半起床，上午和下午的黄金时间通常用来画稿子或学习Photoshop，任务不多的时候，也会在客厅用投影看会儿电影放松放松，傍晚5点雷打不动准时做晚饭。比较特别的是，生活作息表中专门规划了使用手机的时间，每天只给半小时到一小时，在午睡后的1点半左右集中回复微信、小红书私信等消息。听起来近乎苛刻的手机管理给生活留出了更多空间，曾经林小鱼也会花很多时间在各类社交和资讯软件上，而现在，她和先生会在睡前非常默契地把手机放在梳妆台的抽屉里，进行睡前阅读，并通常在10点半前入睡。

"比起富裕的物质生活，我更希望自己成为一个精神富足的人。"她看了一些有关极简理念的书籍，比如佐佐木典士的《我决定简单地生活》、原研哉的《设计中的设计》、梭罗的《瓦尔登

1

190

1 猫咪慵懒地晒太阳。

2 清晨的餐厅。

3 点睛之笔的鲜切绿植。

湖》，更加体会到"物品不代表人的价值，更宝贵的是时间"。"空也是设计和绘画中的极致，虚中即实，实中即虚。生活不单靠物品来获得满足感，空的空间可以使人感觉自由而放松，把注意力放在更重要的事情上，产生更多有价值的思考。"在家中，林小鱼照料植物、享受阳光、亲手烹饪、分享生活。也会出门散步、爬山、跑步，观察街上行色匆匆的行人。放下更多对个人而言的无用之物，林小鱼正在慢慢找寻真我，努力成为一个柔软而谦卑的人。

1 墙壁上的"何陋之有"似乎是房子的主人在对某种固有认知做出回应。

2 空旷的客厅给阳光更多空间。

3 一只名为"咕噜"的大橘，超级喜欢晒太阳。

02 HUASHENGDEKE'S HOUSE

(满是植物的家)

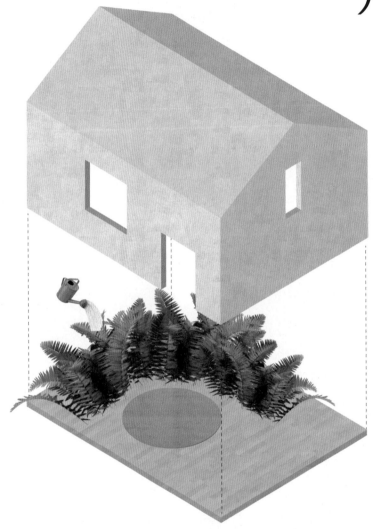

与100种植物一起生活

采访 & 撰文（吴彩旎）

　　与100种植物住在一个家里，是什么样的生活？从四年前购买第一盆植物到现在，小红书博主"花生的壳"发现自己已经不知不觉养了100多种植物，最多的时候家里有150多盆。每种植物的习性与形态他都了如指掌。走进他的家中，如同走入一个迷你植物园，天花板上、墙上、地上，都能看到不同的植物。

　　"花生的壳"本名盛洋，现在经营着两家小工作室，比较自由的工作日程使他得以拥有更多时间和植物相处。第一次将植物搬进家中的原因很奇妙——当时家里新养了一只小松鼠，为了给它营造一个小小的生态环境，盛洋买了一盆小松树和一些热带多肉植物。散养的小松鼠喜欢在这些植物上面爬来爬去。自此盛洋慢慢掉入养植物的"坑"，家里也逐渐从一个小小动物园，变成了一片喧闹的"小森林"。

IN THIS HOUSE
WE ARE REAL.
WE MAKE MISTAKES.
WE SAY I'M SORRY.
WE GIVE SECOND CHANCES.
WE HAVE FUN.
WE GIVE HUGS.
WE FORGIVE.
WE LOVE NEIGHBORS.
WE ARE FAMILY.
WE LOVE.

RENÉ CHAR

客厅是家里最漂亮的区域。不少植物会从靠谱的网店买，比如洋塔园艺、简约生活植物工作室、超级植物、Equator 活性保持、纵野 inWild、PERSISTENCE 植苗……

几乎所有房间都有植物。客厅、卧室、浴室、阳台……他会根据植物的不同喜好和生长形态来决定摆放位置。卧室里放比较高的植物，比如虎尾兰，挑高的造型不会给人带来压迫感。客厅选择大叶的绿植，阳光充足的时候，宽大的叶子可以遮挡强烈的光线。大叶片的阴影下则摆放一些喜阴的小植物，既不影响通风，又不会受到阳光暴晒，还营造出一种高低错落的空间感。浴室不够通风，土培植物容易烂根，所以适合放一些水培植物，比如竹子、绿萝等。阳台上放耐晒的植物，仙人球、琴叶榕、秋海棠……它们不占用过多的生活空间，又好打理，是阳台最生动的点缀。盛洋喜欢摆一把椅子在阳台上晒太阳小憩，或是和小松鼠玩一会儿。有时也和家人一起烤肉，风卷走烤肉的烟火气，吹拂着植物绿色的叶片，别提有多惬意了。

植物不仅是家中"物"，更是自由生长的生命，它们与人共享着一片生活空间。大概每隔一个月，盛洋会调整布局，根据植物的状态和季节变换不同位置。客厅靠阳台处有一个小拐角，是家里最通风的地方。每到冬天，他会把家里的植物都搬到这里，春天时再分散开。他也喜欢看一些园艺设计师的作品，比如日本的植物美学家川本谕，会学习他们摆放植物的方式。

花市是盛洋经常去的地方，可以买到最常见的一些植物，购买稀有的植物则会选择网购，从上海、云南等地发回家。逛花市是一件很有意思的事情，盛洋经常会询问老板有没有什么打折的植物，这些植物通常因为没有按照正常的方向生长，就会被低价出售。但是盛洋特别喜欢这种长"岔"了的。"我觉得植物有一些自己生长出来的形态，会特别好玩儿。"这是盛洋逛花市买植物的"第一性"原则：购买第一眼就认定的植物。有的虽不符合标准审美，但有它自己独一无二的美。把植物接回家之后，盛洋也不会过多干涉，会让它按照自己的方式继续生长。

后来家里植物实在是太多了，盛洋开始有意识地精简，送给了朋友们一些，买得也不再那么频繁。为了不让植物过多占用人的生活空间，盛洋决定好好利用家里的上层空间——找人定制了一套皮制吊绳，把一些花盆吊起来，挂在墙上和天花板上。家里有些多余的家具也被他改造成了花架，在收纳箱或椅子上放上植物，反而比特意购买的花架更好看。有只红酒瓶塞甚至都被盛洋改造成了花盆：中间挖个洞，把"不死鸟"的根塞进去，它就能在里面存活了。"'不死鸟'是一种非常好活的植物，把瓶塞放水里泡一泡就相当于浇水了，就能长得特别好。"

但这样的"变废为宝"不是真随便弄弄的，不仅要看器皿的外观是否合适，也要考虑植物的特性。从零开始学习如何养植物是一个漫长的过程。一开始，盛洋会通过和花市老板聊天来获得最直接的经验。不过他慢慢发现，这些建议时常不太奏效。把植物接回家后相当于换了一个完全不同的生长环境，有时会出现无法预料的问题。于是他开始自己探索，一方面在网上自学，一方面去做各种尝试：换盆、调整位置、补充基质……一边试验一边观察再调整，他发现往往一点小小的改变，就真的能给植物带来明显的变化。

打理这么多植物不是一件容易的事，但这让盛洋变得更勤快

1

了，个人状态也有了很大提升。每天早起打理植物，呼吸新鲜空气，整个人就像在和植物一起向上生长。起床以后的第一件事也不是去洗漱，而是去照顾植物，通常是早晨6点到9点，因为这个时间段的植物非常需要通风和浇水。"人可以等，但植物不可以等。"他会给浇水的时间做一个排期，周一浇哪些，周二浇哪些，每天的早晨都有不同的浇水任务。"当你有100多盆植物的时候，就会发现不可能一次性把它们都浇完，会特别累。"

1 客厅一角，花烛总是要多养几盆才好。家里东西多，收纳是个技术活，一把藤编椅总是能给整体环境增添些层次、质感和沉稳的趣味。

2 下午3点15分照进来的阳光，将枯萎的花束衬托得更美了。

3 绿意盎然的大叶植物们。

养殖植物的过程让盛洋的心态有了非常奇妙的转变。他特别喜欢家里的一盆富士山秋海棠，叶形像天使的翅膀，叶面上覆盖着很多银白色斑点，"看到它在自己的手里慢慢成长，越来越茂盛，那个样子特别可爱"。早晨的时候，盛洋会去看看它有没有长新叶子，长多高了，顺手触摸一下，"那种感觉真的是难以言喻的治愈"。有时一边浇水，盛洋会一边在心里和植物对话，吐槽一些不开心的事情，之后慢慢平静下来，甚至去思考和解决一些很棘手的问题，屡试不爽。植物变成了朋友，与植物对话也是与自己对话，盛洋希望植物在自己家能够过得舒服，那不仅是自己对植物的责任，更是人与植物的双向疗愈，共同生长。

1 用柜子收纳植物。养的都是很普通的植物，但长得好。

2 工作桌上最小的那株是空气凤梨，不用水和土就可以活，造型也很漂亮。

3 盛洋很爱的鳟鱼秋海棠和墙上自己做的丙烯装饰画。

P202-207
知味人间

通过美食和自己对话是一件既放松又愉悦的事。整个制备过程短则几分钟，长则数小时，沉浸其中一点一点回味自己的喜好，怀着期待品尝亲手制作的美食，喜怒哀乐化作酸甜苦辣。

本次"关于"邀请了Eva教大家三道简单美味的小食，一起来动手试试吧！

Juicy Cocktail
Drink
西柚罗勒灰狗鸡尾酒

把晚霞的颜色装入杯中，生活的味道应该就是这样的吧～

沁凉微醺

超简单的
起泡甜酒

与朋友在家聚餐，少不了一杯小酒来放松身心。
西柚罗勒鸡尾酒，酸甜的果汁非常爽口，
蜂蜜中和了西柚的微微苦涩，冰冰凉凉好喝极了。

cooking methods 制作方式

01 材料准备阶段

准备时间: 5min
制作时间: 3min
分量: 2人份

< 所需材料 >

伏特加或杜松子 45ml / **鲜榨西柚汁** 60ml /
蜂蜜 1滴 / **鲜罗勒叶** 2~3 片 / **苏打水** 适量 /
糖或盐 少许 / **装饰用西柚片或青柠角** 若干

02 鸡尾酒制作详细步骤

a. 大摇壶装满冰,加入罗勒叶,倒入伏特加 / 杜松子。

b. 加入备好的西柚汁。

c. 最后加入蜂蜜调味,并彻底摇匀。

d. 杯子边缘用西柚或青柠沾湿,沾上一圈糖或盐。加满冰块。将
之前混合好的液体滤入玻璃杯,补齐苏打水后放上装饰用的西
柚片或青柠角。

供稿 & 图片（eva） **编辑**（吴彩旎）

Shrimp Sushi

Eat

辣味虾寿司塔

一道醒神的缤纷小食，做法简单易上手，用Brunch开启美好一天。

微辣爽口

清新口感不会腻

微辣的虾肉，清新的牛油果，爽脆的黄瓜，

酸甜的寿司饭，鲜美的香松，

多种滋味，都在这一口里面啦~

01 寿司饭制作

< 所需材料 >

米醋 30ml / **生米** 150g / **水** 500ml / **糖** 20g / **盐** 6g

a. 将饭煮熟，冷却。

b. 将米醋、糖、盐混合调匀，拌入米饭。

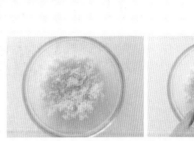

先冷却哦~

02 牛油果黄瓜层制作

< 所需材料 >

牛油果丁 150g / **盐** 适量 / **黄瓜丁** 150g / **青柠汁** 15ml

a. 将牛油果和黄瓜切成大小一致的小丁。

b. 加入青柠汁和盐并拌匀。

03 辣味虾层制作

< 所需材料 >

蛋黄酱 45ml / **是拉差辣椒酱** 15ml / **香松** 20g / **虾仁** 225g

a. 虾仁煮熟并切成小丁。

b. 加入其他配料拌匀。

04 最后组装

a. 模具内刷一层油，先铺虾，再铺牛油果黄瓜，随后铺上米饭，最后盖上一张油纸（或直接扣上盘子）。

b. 倒扣脱模，撒上香松。

小心脱模~

供稿 & 图片（eva） 编辑（吴彩施）

Sandwich Brownie

椰子冰激凌夹心布朗尼

有些犯困的午后，需要一道小甜食来振作一下精神。

冰冰凉凉
层次感十足

巧克力布朗尼饼身甜而微苦，
包裹清爽的椰子冰激凌，口感醇厚顺滑却不腻。
椰子冰激凌和布朗尼需分开备料制作，看似复杂，其实不难。

cooking methods 制作方式

01 椰子冰激凌制作

< 所需材料 >
炼乳 130g / **椰浆** 800ml / **盐** 0.6g / **淡奶油** 480g

a. 椰浆、炼乳和盐混合，小火加热10min左右，边煮边搅拌，煮到边缘冒小泡离火。

b. 淡奶油打发，取一半打发好的淡奶油，加入步骤a的混合物中混合均匀。

c. 上步的混合物倒入剩下的淡奶油，混合均匀。

d. 将混合好的冰激凌液倒入铺了油纸的盒子里，冷冻过夜，中间每隔1小时取出搅拌1次，重复3次。
（搅拌是为了消除冰碴，可省略，也可直接使用冰激凌机完成）

先铺油纸~

02 布朗尼制作

< 所需材料 >
可可粉 112g / **鸡蛋** 2 个 / **盐** 3g / **黄油** 170g（**室温软化**）
泡打粉 2.2g / **砂糖** 70g / **中筋面粉** 150g

a. 面粉、可可粉、泡打粉、盐过筛混合备用。

b. 黄油加糖打发，然后将鸡蛋液分3次加入，混合均匀（每次混合均匀后再加下一次）。

c. 加入步骤a混合好的粉类，切拌到无干粉颗粒。

d. 将混合好的面糊倒入烤盘（约5mm厚），175℃烤10～12min，出炉晾凉。

03 最后组装

a. 布朗尼和冰激凌切开成4cm×5cm的矩形。

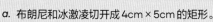

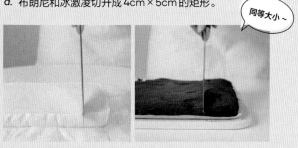

同等大小~

b. 组装后冷冻定型。

供稿 & 图片（eva） 编辑（马云洁）

P210-211
一起漫步

01 漫步骑行在刚刚好的街道（上海 SHANGHAI）

撰文&编辑
马云洁

摄影
Renee Chou

walking and cycling

下午从乌鲁木齐中路开始，一路骑行漫步，穿过梧桐遮阴的长乐路、巨鹿路、南昌路、思南路……你可以看到石库门、老洋房，装修考究的店铺和沿途精致的行人，不必刻意打卡，也不必特地排队。挑几个环境舒适、店主轻松有趣、没有压迫感的店歇一歇脚，随意聊聊天。在上海老字号买几份拿了就能走的小食。这就是推荐给大家的上海漫步。

發

里巷有家店

N

长乐路

1.8km
10 min

上海市淡水路108号

04

上海市进贤路211号

03

家居店

04 里巷有家店
潜匿在角落
听夜半的上海城事

白天是咖啡馆"沪水焙煎室",到了晚上,摇身一变成了"里巷有家店",由两位 1995 年左右出生的年轻男生来经营。推开门有家庭的氛围感,昏黄的灯光下客人们放松地聊着天,没有穿着打扮过为"卖力"的"夜店咖"。这里的酒水单很简单,两个系列,一共 12 款特调,名字很有意思。除了酒单上的饮品,经典的鸡尾酒都可以点。更贴心的是,调酒师还能根据客人偏好的口味来调酒,很推荐酒单上没有的蓝月亮和 AD 钙奶。店里没有餐食提供,但是可以吃到小时候的童年回忆零食,不限量免费供应。夜晚,一个人来沪水是很棒的体验,可以听到左邻右舍的有趣对话。曾经在这里遇到了《戏剧新生活》的导演,随行的是上海剧场的年轻演员们,一起讨论新剧目的想法,当他们聊到"职场上那些打破原则的行为"时,我大胆加入他们,提供了一些小故事。

走出里巷,天色已不早,带着放松的喜悦,休息吧。

平安桥天主教堂

成都市青羊区西华门街25号

西华门街

01

01 平安桥天主教堂
感受百年中西合璧
建筑群的肃穆与优雅

钟

早上总是清静，在夏秋之交的时节里，从主干道东城根街拐进绿荫安静的平安巷，阳光映着树影斑驳，走到尽头就是平安桥天主教堂。这栋建筑很有来头，1894 年，四川宗座代牧，法籍人杜昂，指派当时在任神父的法籍人骆书雅主持修建主教教堂，自1896 年开始修建，历时 8 年竣工。这是一座已有百年历史的中西合璧建筑群，骆书雅在设计主教堂时融入了川西传统建筑的院落布局，教堂外的回廊就串联着传统的木构建筑主教公署。一边是华丽恢宏的拜占庭式建筑，一边是晚清传统四合院，二者相连组成了汉体"悚"字，取寓意"魂悚悚其惊斯"表达敬畏。从广场进入主堂，18 根巨柱撑起了足有 9 米之高的拱形穹顶，柱顶是华美的科林斯式柱头，高出开窗，14 幅耶稣受难经历图就绘在多彩的玻璃窗上，透过日光熠熠生辉。每逢降临节、圣诞节、圣母升天日、复活节等重大节庆，主教与神职人员都会在原罪堂举行盛大庄重的弥撒。穿过主堂从侧门而出，就能看到与之相连的主教公署，建筑是全楠木建筑，采集于成都周县的天全邛崃山区。与教堂庄严的静谧不同，遵循了传统建造布局的院落充满了质朴幽深的平和氛围。

01 Hidden Track
边尝松软的栗子戚风
边撸狗放松

乌鲁木齐中路从不缺少新馆子。

从 Diner 到 Fine，Bonus 到大力柠，每家都大排长龙，甚至有的店要等上两三个小时才能享用。雾蓝色的 Hidden Track 窝在一众小店里，两层小楼，沿街开窗，一楼是吧台和靠边长椅，二楼由一个大桌和多个小桌组成，像一个自习室，清新而紧凑。虽然开在人流密集的乌中地段，Hidden Track 却更像一家社区型咖啡馆，来往的都是附近的熟客和大家的宠物狗，每个进店的人几乎都能叫出彼此的名字。客人们像朋友一样交谈，狗狗们也能相互亲近，玩累了就趴在地上，眼巴巴望着外面，或者眯上一会儿，等主人要走了便跟出去。对于客人的来访，店主小栗总能猜出他们要点什么，客人们都叫她"栗姐"。栗姐给人的感觉很亲切，就像邻居家那个很关心别人的大姐姐。工作日的下午逃到这里，点一块栗子戚风，蛋糕松软而不空，淋着栗子奶油，就着咖啡，不甜不腻。运气好的话，还能喝到栗姐亲手酿的梅子酒，加上冰块、苏打水，即便是下午，也能偷偷享受一点微醺。

温馨提示，吃蛋糕的时候要小心，也有调皮的狗狗想舔你的蛋糕。

Hidden Track

上海市乌鲁木齐路243-8号

01

LADY FAFA發發

上海市巨鹿路699-4号

02

02 Lady Fafa發
挑一身复古的装扮
和老板聊聊天

發發一共有两家店，绿店靠近陕西南路，主要卖首饰，红店毗邻襄阳南路，除了饰品，还有设计师亲自挑选布料、亲手设计和制作的印花服饰。Lady Fafa 店里的东西很有趣，饰品清一色以"發"的字样作为设计元素，衣服全都是各种大小印花，问到为什么，店主说，因为發是"fa"，花也是"fa"啊，Lady Fafa 真是把谐音梗发挥到淋漓尽致了。这里是复古爱好者的天堂，西装小马甲、无袖茶歇裙、泡泡袖衬衫，都像是从 20 世纪 80 年代传输过来的，上身效果绝佳。如果有喜欢却不合身的，设计师还会亲自改衣服。

在这里聊天很舒服，店里的女生风趣幽默，就算不买，纯聊天也不会觉得有心理负担。

DEAR YOU日式家居店

2km
11 min

428m
6 min

长乐路

陕西南路

03 DEAR YOU 日
认真进行日常选物
憧憬美好生活的开始

现在的进贤路，比过往几年来得冷清了一些。DEAR YOU 就在这条不宽的小马路上。一幢白净净的小房子，从外观就给人亲近的居家感。这个临街的小房子，底楼是日式杂货铺，销售居小物，不大的铺子也算摆得满满当当，咖啡器具、杯子、餐具、锅具……一进门好像时间停在此刻。小心地一件件挑选，脑子里盘算着该放在家里的哪个角落，该在什么场合合上用，想着想着，心情也变得激动起来。这里小杂货虽多，但也不急着把喜欢的都带回家，冷静认真地想一想，毕竟每天使用才是日用之道。

读本屋

成都市武侯区大学路12号
附18号至附20号

04

04 读本屋
淘一本好书
安安静静地度过晌午

懋德堂靠近北门，从北门出去就是大学路。在成都如果喜欢逛书店，那就怎么也绕不开读本屋，位于大学路的这家店在2021年年初刚开，这也是老板老廖经营书店的第5年。新店不再以社科为主，人文艺术门类的书籍比重增加。在靠近门口的陈列台上，每一本书籍都认真贴着手写的推荐语。

新店面积更大了，密密的书架占据了最多的空间，透过最里的陈列台，高处的玻璃窗映照出外面婆娑的树影。利用饮品平衡营收是复合书店惯常的经营之道，书店绝佳的位置往往让渡给都市人的社交需求。除了外摆区，舍不得这样做的老廖还是为饮品区专门开辟了一块相对封闭的空间，倒是更合适安静看书和自习，说到底还是给爱书的人一方天地。

168m
2min

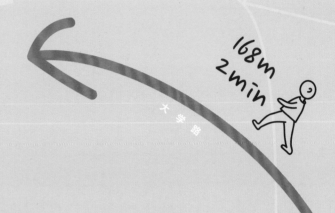

懋德堂与怀德堂

成都市武侯区人民南路三段
17号四川大学华西校区东区

03

03 懋德堂与怀德堂
惊叹于贵格派建筑
的精巧与庄重

从钟楼向东北走，沿途树木苍天，贵格派建筑巧思精逸的一角总在不经意间映入眼帘。行至东北角，便能看见并列着的懋德堂与怀德堂，以中轴线为界，对称而立，二者都是建筑设计师弗烈特·荣杜易对川西建筑形态及东方艺术装饰的理解和延伸。修建时间长达10年之久的懋德堂是美国赖孟德氏为纪念儿子而捐建的，这座超3000平方米的大楼是当时中国西南部最完备的图书馆，现为四川大学华西医学院的展览馆。在建筑结构上，建筑设计师弗烈特·荣杜易融入了他对川西传统建筑的理解，包括在屋宇檐角、门厅楼饰间，荣杜易的设计混合着他钟爱的日式东方装饰和唐破风檐饰。

现在作为行政楼的怀德堂曾是华西协和大学的事务所。尽管建筑主体与中国传统建筑类似，荣杜易在屋顶的坡度、顶部开窗的采光设计上遵循了西方建筑的建造手法。赤色圆柱支撑着门廊，屋宇棱上饰蝙蝠纹、正脊有异兽图案，细节各处绘以花草、珠宝、鸟兽，多与中国传统的装饰相似，但又用西方对动物的理解做样本，所装点之处也与传统的使用方式和位置不同。

成都市武侯区人民南路三段
17号四川大学华西校区东区

02

02 钟塔
串完大街小巷后
体会历史人文过往

出教堂后走西华门街，走到人民西路再一路向南，你会看到一座朴拙的青砖门楼矗立在马路右侧，这座青砖黑瓦的校门在周遭的高楼林立间显得小巧，但不单薄。它的背后就是四川大学华西医学院的东校区。在校园内，1926年建成的钟塔曾是成都"现代性"的代表。它的建造者是弗烈特·荣杜易，英国第一个"艺术与工艺运动"的建筑设计师。遵循着贵格派系"既追求效益又讲求优雅"的建筑理念，在建筑中标后，荣杜易远渡重洋来到成都，对川西的建筑和民俗进行了实地勘察，最后创造出既融合了川西亭的结构意蕴，又保留了贵格建筑简约大气的建筑风貌。

最初建造的钟塔是三层砖砌基座，加上两层木结构的塔楼中身和哥特式尖顶。1953年，因木构塔楼年久失修有坍塌风险，学校又委派了四川省建筑设计研究院进行修复，当时负责人之一的古南平师承"中国新建筑"大师杨廷宝，他延续了荣杜易的建筑美学，在塔顶融入了四面歇山屋盖的中式风格，"飞檐飘逸，翼角凌空，皂瓦红墙"，一直延续至今。

374m
5min

02 中西合璧的 建筑巡礼（成都 CHENGDU）

撰文
沐卉

编辑
黄莉

摄影
罗新

沿穿越城市中心的人民中路，从老少城到华西坝，成都近代百年来的都市变迁，都可以在这段路上找到印记。文殊古刹与周围的四合院落，人民公园的茶社与融合了川西民居风格的天主教堂，民国洋房与贵格派系的教学楼，这些中西合璧的建筑瑰宝就掩映在不断扩张的城市天际线下，在寻常日子里也能窥见一隅。

P214-221
精神食粮

MOVIE
电影

《白日梦想家》

年代 / 2013
导演 / 本·斯蒂勒

简介

爱做白日梦的人会有梦想成真的一天吗?《LIFE》杂志社的员工沃尔特就是一个白日梦大师,性格内向的他爱在自己幻想的世界里到处冒险,但在现实生活中都没有和自己心仪的姑娘说过话。不过生活总是充满了惊喜与意外,为了寻找一卷遗失的胶片,沃尔特开始了一段货真价实的冒险之旅。从格陵兰岛到喜马拉雅山脉,穿行在无限的自然美景之中,沃尔特实现了自己曾经只在白日梦里会做的事。

推荐理由

它讲述的故事平凡但充满"燃"的力量。当跨出第一步,梦想照进现实,撕裂感却向自我步步逼近。整体节奏扣人心弦,取景极美,让人沉浸于本真与想象力中,是部轻松又浪漫的电影。

《与安德烈晚餐》

年代 / 1981
导演 / 路易·马勒

简介

与情节为重的故事片不同,这部电影只有对话。一个是为生计所迫的舞台剧演员沃利,一个是事业一度如日中天的前卫导演安德烈,他们在餐卓上讨论着各种问题,阐述着对人生、对世界的看法和迷惘。谈话中的一个词或句,都能不经意地给人启发,他们的话题是每个人都会谈论的话题,也是每个人都会遭遇的困境。

推荐理由

一部挑战耐心与观影习惯的电影,甚至可以说,这是一部知识分子的具有文学气质的电影。全片几乎只有两位演员在不断聊天,但他们之间的对话极具思辨性,像一根绳子将人生的种种缝隙硬生生拽出来,并由此引发介入及观照自我的欲望。

《寂静的深度:霍珀画谈》

年代 / 2018
作者 / [美] 马克·斯特兰德
译者 / 光哲
出版社 / 民主与建设出版社

简介

面对霍珀的画作,诗人马克·斯特兰德用自己的语言进行了细致入微的解读。在阅读的过程中,我们走入诗人的私人世界,体会一幅画是如何用形式和内容打动一个人。诗人描述了自己欣赏画作的感性体验,流动的感觉、情绪、思考,这些个人化的感受带领读者理解画,或是与读者的感受相冲突,像是和一位朋友一起一边看画,一边低语。

推荐理由

它提出了一种更亲切和真诚的解读,直抵观者在形式与自我、情感之间的画面。凝视着,但依然保有神秘。

BOOK
书

《在建筑中发现梦想》

年代 / 2014
作者 / [日] 安藤忠雄
译者 / 许晴舒
出版社 / 中信出版社

简介

一本蕴含安藤忠雄独特建筑理解的书。安藤忠雄从年少游学时在世界各地的建筑见闻,讲到不同建筑中所暗藏的人类生活史,以及建筑与人类社会生活的联系。当舒适、便利的功能主义式建筑逐渐占领全球,安藤忠雄坚信建筑应该拥有自己的生命力,在建筑中发现和创造每个居民的梦想。

推荐理由

深邃、丰富,极富勇气与挑战意识。在理性与秩序构建的建筑世界,安藤忠雄更在意人的自然需求与梦想,以作品为当下作为命运共同体的社会构建更有价值的未来。

Ryuichi Sakamoto
async

《满月》(*Fullmoon*)，坂本龙一

年代： 2017
类型： 电子原声／氛围音乐

简介

《满月》出自坂本龙一的专辑《异步》(*async*)，这是他喉癌康复后的首张专辑。专辑的构思和录制均在纽约完成，来自坂本龙一对日常对象、雕塑和自然的感悟。他将日式庭院的幽玄与躁动不安的隐约节奏奇妙混合，却依然保持着优雅的曲式。《满月》是坂本龙一专辑中最喜欢的一支曲子。他将自己曾经参与原声创作的电影《遮蔽的天空》中的台词用在其中："一生中你到底会看到几次满月升起／也许20次／然而这些都看似无限。"

推荐理由

他将这支单曲称之为给塔可夫斯基不存在的电影的配乐。同老塔作品中永恒的爱与存在的命题一致，《满月》中模拟合成器制造的噪声基底、左右声轨中不停穿梭的念白制造的实验氛围克制又发人深省。

《自由寓言》，"努比亚扭曲"乐队
(*Freedom Fables*，Nubiyan Twist)

年代： 2021
类型： 放克／灵歌／R&B

简介

《自由寓言》围绕着灵魂探索、警示故事和现代生活的寓言展开，融合了灵魂乐、爵士乐和世界音乐风格。这张专辑体现了叙事的力量，他们用音乐叙事，探索着属于自己的回忆录。这张唱片使用了很多乐队成员在成长时期都喜欢的音乐，有碎拍(broken beat)、钝化说唱(blunted hip hop)、强节奏爵士乐(highlife)、拉丁乐(latin)、爵士乐(jazz)和英式灵歌(UK soul)等。

推荐理由

在非洲打击乐(afrobeat)全球范围内的回潮中，"努比亚扭曲"是其中不容忽视的一支乐队。你能在他们的音乐中听到种种元素"乱炖"，极度和谐又变化多端。一张十分适合跳舞的专辑。

DRAMA
戏剧

《沙滩上的爱因斯坦》

简介

《沙滩上的爱因斯坦》是导演罗伯特·威尔逊和作曲家菲利普·格拉斯的四幕歌剧，以爱因斯坦为主题，表现了一位热爱音乐的科学家的形象。整部剧分三个部分：火车、审判和空地上的太空飞船，整部戏剧也可以看成是人类从自然走向核爆的旅程。戏剧打破了传统戏剧的所有规则，采用非叙事形式，使用循环往复的极小限音乐，配合表演者机械重复的舞蹈动作。在长时间的演出中，音乐的循环和视觉效果上的拼贴使得观众必须选取自己想要的信息，得到有关于这部戏剧的独特意义。

推荐理由

一部奠定了罗伯特·威尔逊戏剧界地位的经典之作，被誉为后现代主义戏剧代表作品。以抽象视觉线条塑造空间张力，甚至让演员的肢体表演以缓慢而精确的节奏进行，走向形式主义的极致。其作品充满魔力，令人讶异，叹为观止。

《一个人的莎士比亚》

简介

这部戏剧很特别，编剧、导演和主演都是同一个人，甚至故事也取材于他——约瑟夫·格雷夫斯。六岁的约瑟夫进入英国一家男童寄宿学校就读，在第一节课上就"遭遇"了激情澎湃却嗜酒如命的老校长。约瑟夫被老校长对于莎士比亚的热爱和执着吓得尿了裤子，这种对教学方式的惊恐升级为对校长和莎士比亚的反感、不理解。直到父亲循循善诱，让约瑟夫开始理解和同情老校长，渐渐爱上了莎士比亚，并且演绎莎士比亚。

推荐理由

全剧只有一张桌子，两张椅子，一张莎翁像，一块红布，一个人。演员用饱满的情感、肢体动作和节奏处理，带着观众浏览了他的人生历程。整场戏有令人捧腹的情节，也有细腻的演绎，加上由始至终穿插着对于人生、传承和热爱的阐述。是一部值得二刷的好剧。

撰文
吴彩旖 周歪歪

编辑
黄莉

EDITOR'S VOICE
编辑二三事

推荐人	杂志/杂志型图书	推荐理由	备注

⁽⁰¹⁾Chaos — **《数码设计》（Surface）**

一本暴露年龄的杂志。《数码设计》(Surface) 前身为《产品设计》(Design)，是2008年和美国原版 Surface 合作的产物，由艺术与设计出版联盟出品。因为自己之前是学建筑的，先天就会关注设计相关媒体，同时自己一直都对 lifestyle 的自然延展挺感兴趣。早期能够在国内接触到的生活方式更多还是从时尚相关视角延展而出的，所以当我看到这本中文版的《数码设计》时，发自内心地喜欢。它从相对当下和数字技术的角度切入阐述生活方式，将文化、建筑、产品、设计、艺术、数字媒介等所有我感兴趣的维度串在了一起，同时这本杂志的视觉表现力也是挺好的，很能代表当下的设计力量。但是理想和现实还是有差距的，感觉不是很顺利，做了几年之后一方面是纸媒行业问题，另一方面线上媒介可能确实是更好的表达方式，停刊还是有些可惜的。

⁽⁰²⁾Carrie — **《小日子》**

《小日子》里没有大志向和大人物，但对生活的认真挖掘足以打动人，唤起了人们对于日常生活的欣赏和向往。"生活太复杂，专注体会一件事"，杂志的内容非常简单，选题范围更是小到只有中国台湾本土的生活。杂志的图片和排版方式也很"透气"，书的开面比正常杂志要小，纸张也更轻薄，是卷起来握在手里完全不会觉得有压力的质感。

⁽⁰³⁾腻腻 — **《水象》（Be Water Journal）**

目前一共出了3期《回应当下》《移形换影》《自然而然》。我觉得他们做的内容很扎实，没有什么花里胡哨的东西，也喜欢拿到手时纸的质感，薄又肌理紧密。呈现质量的确比较高，往往也会有一些很触动人或是觉得很有智慧的采访篇目，其中呈现出来的思考，是真的经过沉淀之后的观点，读了之后觉得很有启发。另外我觉得很重要的一点是，它有基于中国 DNA 的自觉，相当注重"文化自觉性"。

⁽⁰⁴⁾小蜗 — **《Vista看天下》**

每期话题都挺有意思，图片和文字比例正好，排版可读性高，携带方便，上高中的时候天天买，给高中作文提供了充足的素材。

每一本书背后都有为之用心创作的团队，在"关于"系列中，我们为编辑团队留了一个小空间"编辑二三事"，让大家聊一聊自己的想法见闻。让我们一起说说影响自己最深的一本杂志或杂志型图书。

推荐人	杂志／杂志型图书	推荐理由	备注
(05) 二丫	《城市画报》	大学期间会持续买的杂志，记得杂志内容比较符合当时自己的年龄，内容是有点社会学的话题，以青年人的视角去拆解每个话题，也会有一些新鲜的店/地方/故事推荐，偶尔会有明星参与。买满一年，书脊可以拼成一个图案。我感觉在那个互联网已经开始繁荣，可以窥探到别的城市同龄人在做什么的"大杂烩"状态下，这是一本比较符合自己理想情怀，并且展示了一定文艺生活方式的杂志。后来就变了气质了。	
(06) Renee	KINFOLK	是可以静下心来阅读的杂志，既能够随时看、随时停止，也可以持续一段时间反复阅读。看到好的文字我会转发给朋友。"生活中有一部分人是我愿意分享面包与美酒，与之共舞吧啦啦啦……"整体上来说，是一本朴实但富有文化价值的杂志，挺好的。	
(07) 小旺	《知日》《360》	因为自己是设计师，所以封面比较花心思的书都会多看两眼，《知日》有些封面做得很不错。《360》的话，能从上面知道一些很不错的设计师和插画师。	
(08) Yanseki	《尺码》(SIZE)	是在2006—2012年，我初中到高中的这段时间中，最喜欢的杂志。初中时互联网潮流资讯很匮乏，唯一了解球星穿什么鞋的途径就是国内的几本杂志《尺码》(SIZE) 和《型格》(SNEAKER)。《尺码》因为价格比较亲民，大概20元，所以当时我每个月都会去买，了解未来几个月要发售的球鞋，然后攒钱等发售时去买鞋。直到大学后，国内才开始有一些潮流互联网媒体慢慢取代《尺码》的作用。《尺码》里的内容很硬核，关于球星故事、美国文化、街头艺术、装备咨询。一直到现在，我拍摄的一些体育类品牌都有在找《尺码》十几年前胶片拍摄的封面图的感觉。	

(09) **晓琳** 　　　《主流》

上大学之后第一份真正意义上的实习是在大连《主流》杂志编辑部，就在家附近。这本杂志其实并不售卖（会和酒店合作，摆在酒店里，但是不知道应该叫什么类型的杂志），杂志的内容也不如某些时尚杂志高端，或者生活杂志那样有深度，但是它让我实际了解了杂志创作的前前后后，算是启蒙老师吧。

(10) **Wang Yuqi** 　*Re-Edition*

每次去书店必看，时不时会购买。Re-Edition算是时尚摄影类杂志，每期合作的摄影师、造型师和模特都非常棒，非常有个人风格，他们以往的作品类型也很契合拍摄主题。购买的原因是杂志内容非常有启发性，从内核想法到视觉表达，非常好地平衡了艺术和商业，言之有物。

(11) **彩旎** 　　　《新知》

初中时候姐姐在看的杂志，我第一眼看到的时候被它简洁的封面吸引，翻看其中的内容有被震撼到。因为之前看的都是文学相关的杂志，第一次看到呈现知识和科技的杂志，里面的内容也非常新颖且有深度。让我觉得：啊原来杂志还可以说这些。但之后停刊了。可能这种比较超前的观念有些生不逢时，感觉有点可惜。

(12) **小乐** 　　　《灌篮》

读书时期期都看，当时每天去报刊亭看有没有出新的。每期杂志都会送一张球星海报，很快卧室里就被海报盖满了。

EDITOR'S PICK 编辑手选

我们的选物，代表了我们。在"编辑手选"板块，"关于"的成员们亲手挑选出自己珍爱的日用之物。在认识好用物品的同时，也来猜测一下背后的主人是怎样的人吧！

① 蓝牙智能跳绳

国家	售价
韩国	约388rmb

缘起 工作太忙，当我终于有空的时候，健身房都下班了，奈何身体是本钱，再难实现也要开启。随时随地都能开始是我对运动的诉求，设计优秀和数据追踪是我对运动产品的基本要求。

特色 外观设计亮眼轻盈，绳长可自由调节，运动时顺滑平稳。搭载对应的跳绳 app，记录下每一次跳绳的时间、个数、所消耗的卡路里，iOS 和 Android 机型都适配，跳绳和 app 的可用性都还不错。

② 悬挂式香袋

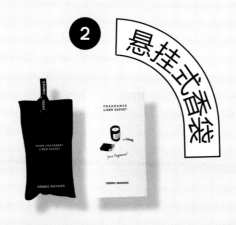

国家	售价
韩国	约180rmb

缘起 多年前在首尔梨泰院的街道逛着，被一家室内设计清冷、充满高级感的店铺抓住了眼球，进去才发现是一个专注于家居香氛的品牌。这家店可以说是我的家居香氛启蒙店，蜡烛灯、香袋、空气喷雾几乎都是未曾使用过的产品，每一件都可以构成生活幸福感的来源。

特色 黑白极简配色，摆放在衣橱、洗手间、车内，不管哪里都不显违和。香味柔和不刺鼻，留香超久，在衣橱里放了四年依然有淡淡的香气。

EDITOR'S PICK 编辑手选

③ 草本护手霜

国家	售价
瑞典	约75rmb（30ml）

缘起 我是一个对于气味相当敏感和在意的人，尤其热衷草木香，草本、泥土、树木的气息可以让我心情放松、思绪沉静，帮助自己更好地平静下来。作为编辑，经常翻阅不同的书籍，手部会毛躁，也难免会被纸割伤，护手霜是不可或缺的。在北欧旅行时偶尔看到这支护手霜，被外包装和气味深深吸引。

特色 有很多种植物香型，味道超级治愈。使用感和气味都是温和又天然的感觉。

④

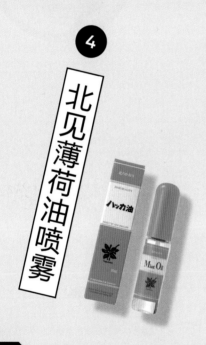

北见薄荷油喷雾

国家	售价
日本	约95rmb

缘起 还是 2015 年左右的某个冬天，因为工作需要有幸参与了北海道物产展，整个展会呈现了来自北海道的各类农副产品。当时在北见薄荷展位上尝了一口薄荷糖，清甜清新的味道是之前从未体验过的，当下就购买了薄荷糖和薄荷油，后来才知道北海道北见市以薄荷闻名，曾经也是日本薄荷产物的生产主力。

特色 外用内服皆可的薄荷油，取自 100% 薄荷，气味清凉却不刺激辛辣，有提神醒脑功效。小巧便携，用途多多，头疼时可以在手上涂抹一些，按摩太阳穴，对晕车晕船也很有帮助，喷在皮肤表面可防止蚊虫叮咬，非常有效。

⑤ 滚轮保密印章

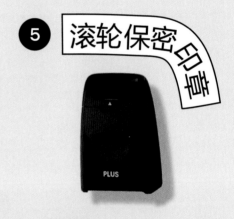

国家	售价
日本	约25rmb

缘起 网购、外卖已成为生活方式的今天，个人信息保护是一个落在生活细节上的微小举动。我也曾经试过用笔划、用手撕这类动作，但总有倦怠的时候。于我而言，当一些事情有了专属工具、赋予仪式感后，我就更乐意去做，比如抹去快递上的个人信息。

特色 小巧便携，快递单上的私人信息，一划就盖得严严实实。

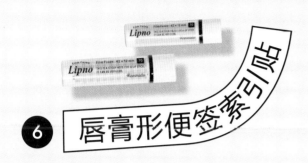

⑥ 唇膏形便签索引贴

国家	售价
日本	约65rmb

缘起 一直发掘并尝试更新鲜更好用的文具是我作为"文具控"的日常。从小我便非常沉迷文具，零用钱、生活费总有一部分给了文具。长大之后我爱上了做手账，家里堆满了本子、笔、贴纸、印章，一本本手账里记录了每天的琐事、心情。这款唇膏形的便利贴原本只是凑单之物，没想到意外好用。

特色 唇膏形便签，比普通便签纸更方便收纳，可以揣在兜里或者放在笔袋里。自己把握需要的便签大小，用来做备忘或者记号都可以。

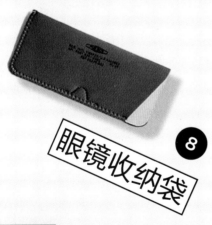

⑧ 眼镜收纳袋

国家	售价
日本	约38rmb

缘起 作为一位近视眼患者，我也是一个眼镜大户了，日常不同设计、不同材质、不同颜色的眼镜占据了不少空间，奈何我还喜欢随身携带不同的眼镜，怎样保证既不损坏镜片又轻便，是我时常头疼的问题，直到某一次逛街偶然遇见它。

特色 眼镜袋不会占用包内很多空间，袋子的质感很舒服，中间的缝线可以固定眼镜不滑出，更好地保护眼镜，撞色设计大方好看，还可以当笔袋用，装一些小工具。

国家	售价
日本	约25rmb

缘起 太喜欢在电脑上贴贴纸了！使用了三年的公司电脑需要更换，当我把面目全非的电脑送还给公司的时候，负责回收的同事无奈又讶异地对我说："麻烦你把贴纸清理干净再还给我们。"我使出浑身解数撕拉、用橡皮擦，还是无法清除胶痕。一个来串门的同事拿出了清除剂，在表面涂抹揉搓了一下，顽固胶痕就没了。

特色 标签撕掉后留下的痕迹，用这个胶涂抹，即可轻松去除。

⑦ 胶痕清除剂

⑨ 高速固态移动硬盘

国家	售价
美国	约1059rmb

缘起 音频、视频从业者都会有素材过大、传输慢的难题，外出时总是需要在最短的时间内完成文件的导出，而当整个工作组站在我身后，看着数据龟速传输的时候，我好像能感受到"不专业"的评价呼之欲出。

特色 容量超大，传输速度超快，用来传视频太方便了。视频组外出拍摄常备。

主编的话

Chaos talk
（做怎样的自己）

（我是什么样的自己，以及未来会是什么样的自己？）

说实话，我在18岁之前，没有真正认真地思考过这个问题，即使在高考结束，面临填学校选专业的时候，我也不够认真，只知道先选一个排名好的学校加一个分数高的专业，并不知道这些后面意味着什么。

我第一次有意识自己未来会做什么的时候是大一暑假，也就是在读了一年建筑专业课之后意识到，自己未来也许会当一个建筑师，毕竟在我读书的那个年代，建筑师是一个全面且体面的职业，所以依旧没有什么主动思考，就是自然而然地走在这条路上。在前五年学习阶段拿了不少设计竞赛的奖，在后五年工作阶段中了不少设计竞赛的标。

一切看上去很顺利，也只是看上去而已，因为没有思考。

没有思考，就没有灵魂。

我的第一次主动思考是问自己，如果我继续在这家建筑设计院做下去可以收到最好的结果是什么？那么答案也许就是院长吧。然后再问自己，院长现在的生活是自己未来想要的生活吗？那么答案肯定是否定的。然后再问自己，那么自己留在这里继续工作的原因是什么，是这份工作带来的能力提升还是这份工作创造的价值反馈？然后再问自己，专业能力提升背后为的是什么，以及想要创造价值，这里是最能创造价值的地方吗？问过这些问题之后，我离开了设计院。

上面所有这些问题指向了一个答案，我希望去到一个可以创造更多价值的地方，如果是我感兴趣或者我擅长的维度，那就会比较容易上手，于是我选择了移动互联网，我感兴趣的维度。

在一个男人接近30岁的时候，转换职业，从零开始？

我继续问自己，如果我的年龄减去5岁后，把自己放在24、25的年岁，我会做这个转身重启的选择吗？那么答案肯定是肯定的。然后再问自己，自己想要做什么需要被所谓的舆论既定的设定去评价吗？所以我投身了移动互联网，离开了建筑行业。

此时写下这些字的我，已经在移动互联网的行业里八年了，通过新产品和新技术，为中国上亿年轻人的日常生活创造了些许价值。此时看到这些字的你，对于未来想要做什么，想过什么样的生活或许有些许犹豫和畏缩。所以我希望可以通过这一期的这本书让你看到这些不一样的人生，从他们身上去模拟和感受是否有你想要追寻和成为的样子。如果答案是肯定的，那么就大胆去吧，和我当年一样重启；如果答案是否定的，那么就继续探寻，我也会陪你一起走在这条不断找寻自己的路上。

原来我们都还在找自己啊。

图书在版编目（CIP）数据

啊！原来我是这样的自己！/ 小红书编 . – 上海：
上海文化出版社 , 2022.1（2024.8 重印）
ISBN 978-7-5535-2455-9

Ⅰ.①啊… Ⅱ.①小… Ⅲ.①博客 – 随笔 – 作品集 –
中国 – 当代 Ⅳ.①I267

中国版本图书馆 CIP 数据核字 (2021) 第 248327 号

本书简体中文版权归属于银杏树下（北京）图书有限责任公司

免责声明

本书所列产品均为受访者与编者的私人物品，包含个人想法，目的是就章节所述的主题提供翔实的素材。受访者、编者和出版者不会在书中提供产品推荐等各类型的商业服务。

在试用书中所列产品前，请根据自身实际情况选择。受访者、编者和出版者明确表示，对于因使用或应用本书内容而直接或间接产生的相关责任、损失或风险，不承担共同或个别责任。

出 版 人	姜逸青	出版统筹	吴兴元
策　　划	银杏树下（北京）图书有限责任公司	编辑统筹	王　頔
责任编辑	葛秋菊	特约编辑	俞凌波

书　　名	啊！原来我是这样的自己！	用　　纸	本书内页用纸选自越初纸业 105g 玲珑超感
编　　者	小红书	开　　本	889×1194 1/16
出　　版	上海世纪出版集团 上海文化出版社	印　　张	14
地　　址	上海市闵行区号景路 159 弄 A 座 3 楼 201101	版　　次	2022 年 1 月第一版 2024 年 8 月第三次印刷
发　　行	后浪出版公司	书　　号	ISBN 978-7-5535-2455-9/G.410
印　　刷	天津裕同印刷有限公司	定　　价	88.00 元